喚醒你的英文語感！

Get a Feel for English !

喚醒你的英文語感！

Get a Feel for English !

# 翻譯大師 教你學文法

作者／郭岱宗

加值贈送文法習作本（免費下載）

大師獨門文法撇步無私公開

- 文法不學多，22 個最重要的文法觀念、33 個最易混淆的用法、44 個最常考的問題點，全部掌握！
- 文法不用背，熟讀大師的理解和記憶撇步，從來沒搞定的文法宿敵通通解決！
- 文法不可怕，捨棄艱深的專有名詞，獨創的口語式解說一看就懂。

lie「說謊」、lie「躺」
動詞三態傻傻分不清楚？

「說謊」會成習慣
所以是規則變化：
lied、lied

「躺」得東倒西歪
是因為太累（lay），
所以是不規則變化：
lay、lain

貝塔語言出版
Beta Multimedia Publishing

IRT 語言測驗中心
Language Testing Center

口譯公式（The Formula of Interpreting）——郭岱宗

## QI = EV + EK + FAAE

**QI =** **Q**uality **I**nterpreting（精於口譯）

**EV =** **E**ncyclopedic **V**ocabulary（豐沛的字彙）

**EK =** **E**ncyclopedic **K**nowledge（通達的見識）

| | | |
|---|---|---|
| **F = Fluency**（流暢） | 流暢的字彙　流暢的句子 | 敏捷的反應 |
| | 流暢的記憶　流暢的思路 | |

| | | |
|---|---|---|
| **A = Accuracy**（準確） | 發音準確　腔調準確 | |
| | 文法準確　譯意準確 | |

| | | |
|---|---|---|
| **A = Artistry**（藝術之美） | 文字之美　發音之美 | 台風之美 |
| | 語調之美　聲音之美 | |

**E = Easiness**（輕鬆自在）

🔊 金字塔理論：打造同步口譯的「金字塔」
（The Pyramid Theory of Simultaneous Interpretation）——郭岱宗

　　一切的翻譯理論，若是未能用於實際操作，都將淪為空談。優質的同步口譯超越了點、線、面，它就像一座金字塔，由下而上，用了許多石塊，每一塊都是真材實料，紮紮實實地堆砌而成。這些石塊包括了：

① 深闊的字彙

② 完整、優美、精確的譯文

③ 精簡俐落的句子

④ 迅速而正確的文法

⑤ 對雙文化貼切的掌握

⑥ 流暢的聽力

⑦ 字正腔圓

⑧ 優美愉悅的聲音

⑨ 適度的表情

⑩ 敏銳的聽眾分析和臨場反應

⑪ 穩健而親切的台風

最後，每一次口譯時，這些堆積的能量都隨點隨燃，立刻從金字塔的尖端爆發出來，這也就是最後一個石塊——快若子彈的速度！

這些石塊不但個個紮實，而且彼此緊密銜接、環環相扣、缺一不可，甚至不能鬆動。少了一角，或鬆了一塊，這個金字塔都難達高峰！

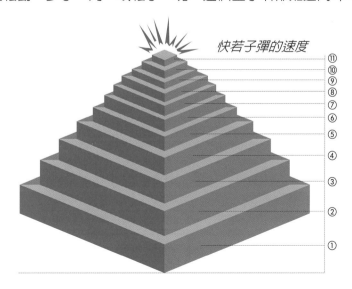

## 📢 漣漪理論（Ripple Theory）＋老鼠會理論（The Pyramid Scheme）創造龐大且紮實的字彙庫——郭岱宗

**字彙範圍須用「漣漪理論」：**

記背單字不應採用隨機或跳躍的方式，而應該像漣漪一樣，由近至遠，一圈一圈，緊密而廣闊。

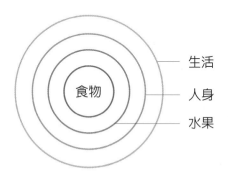

**記背方法須用快速伸展字彙的「老鼠會理論」：**

平日即必須累積息息相關、深具連貫性的字彙，口譯時才能快速、精確、輕鬆、揮灑自如！「由上而下」的「老鼠會式的字彙成長」，即以一個字為原點，發展為數個字，各個字又可繼續聯想出數個字。如此，一層層下來，將可快速衍生出龐大的字彙庫。既快速、有效、又不易忘記！

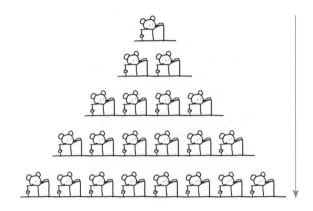

# 文法真簡單！

　　文法是什麼？文法就是規矩。正如同如果國家沒有法律，社會就亂了；學校沒有校規，學生就亂了；語言也不能沒有文法，否則每個人的聽說讀寫都率性而為，各唱各的調，豈不雜亂無章？

　　幸好，文法是英語學習中最容易的一項，因為它的範圍最窄、也最有規律。各位只要學習得法，幾天就可以融會貫通！

　　然而，了解文法是一回事，能「快速」而「正確」地使用它，才是真功夫。學會這門功夫的訣竅只有一個：多做習題，而且要做設計精良的習題。我為這本書設計了許多習題，每一題都針對讀者的虛弱之處對症下藥。這本書沒有規條、不用死記，而是完全從觀念下手。所謂「師父領進門，修行在個人」，讀者要認真讀這本書、仔細地做習題，很快就可以面帶微笑對著英文文法說：「你就這點能耐？」

　　祝福各位！

郭岱宗
2010 年 8 月

註 本書習題請至「貝塔英語知識館」學習下載專區下載。

# CONTENTS 目錄

# 1

# 名詞有不同的面貌

✓ 永遠先找出主詞
✓ 主詞 & 受詞必為名詞家族
✓ 認識名詞家族

# 名詞及它的家族

## ✅ 何謂名詞？

我們對英文要有個基本的概念：無論是聽、說、讀、寫、譯、思、辯，首先都必須找出主詞才能快速判讀句子；而在句子中，只有名詞才可做主詞和受詞，所以名詞很重要。名詞有幾個不同的長相：

### 🎓 任何的人和物，必是名詞。

> 例

人

- 老師（teacher）
- 台灣人（Taiwanese）
- 膽小鬼（chicken）
- 追星族（groupie）
- 他（he、him）（因為 he、him「代替」了某一位男士，所以文法的全名是「代」名詞）

物

- 尺（ruler）
- 玉（jade）
- 當舖（pawn shop）
- 拖鞋（slippers）
- 它們（they、them）（這也是「代名詞」）

除了人和物之外，以下也屬<u>名詞家族</u>：

**1** 明明是動詞，但是因為它在句子裡必須扮演主詞或受詞，所以它不得不硬生生地被改為名詞。

> 例1 **dance**

dance 當「動詞」用時

我　不會　跳舞
主詞　助動詞　動詞

（幫助動詞，使動詞的意思更清楚：「不會」跳舞）

I　don't　dance.
主詞　助動詞　　動詞

但是，這個動詞在下一句子中，地位必須是主詞，怎麼辦？

<u>跳舞</u>　很　好玩
主詞　　　形容詞

1. 前面說過，名詞才能做主詞，所以動詞不能做主詞。
2. 把它加 ing，使它從「動詞」變成「名詞」。
3. 既是名詞，就可以做為主詞了。以上就是「動名詞」的由來。

<u>Dancing</u>　is　fun.
動名詞做主詞　動詞　形容詞

**例2　sleep**

我　睡得　很晚
主詞　動詞　　↑
　　　　　　表示「時間」，是「副詞」。


I　sleep　late.
主詞　　動詞　↑
　　　　　　表示「時間」，是「副詞」。


在下一句，這個動詞卻做了主詞，怎麼變？


太晚睡　傷　身體。
　主詞
　↓　把 sleep 加 ing，改為「動名詞」，就可以做主詞啦！


Sleeping late　is　not good for health.
　　主詞　　　動詞　主詞補語（因為「補」足了主詞的意思）


**2** 通常，動名詞（V＋ing）在句子裏面亦可改為不定詞（to＋V），兩者皆屬名詞家族。

**例1**

Studying　is　useful.
　主詞　　動詞　形容「主詞」，所以叫做「主詞補語」
　↓　這個動名詞可改為不定詞

To study  is  useful.

　主詞

例 2

I　hate　going!

主詞　動詞　動名詞作為受詞

動名詞可改為不定詞

I　hate　to go!

主詞　動詞　不定詞做受詞

3 除了「動名詞」和「不定詞」都屬名詞家族之外，「片語」（所謂片語，就是它有一個以上的英文字，但還不是句子）也常做為主詞或受詞。至於它的文法名稱，則因為主詞和受詞都必須是名詞，所以這種片語就叫做「名詞片語」。

例 1

去迪斯奈樂園　是　我的夢想。

　　主詞　　　動詞　主詞補語（因為補足主詞）

1. go to Disneyland 是動詞，要改為名詞才能做主詞。
2. 所以把 go 改為「動名詞」，整個就成為名詞片語。

Going to Disneyland  is  my dream.

　「名詞片語」做主詞　　動詞　　主詞補語

當然也可使用不定詞（to + V）

## To go to Disneyland

**4** 名詞家族還包括句子（有主詞，有動詞，就是句子；句子中的句子，就是子句），但是因為這個句子在一個更大的句子中扮演主詞或受詞，所以就叫做「名詞子句」。

**例 1**

誰　　認為　他會去？
主詞　動詞　做「think」的受詞

he will go
名詞子句

Who　thinks　that　he will go?
主詞　　動詞　　　　「名詞子句」做 think 的受詞

這個字亦可省略

**例 2**

我　夢到　你結婚了。
主詞　動詞　受詞

I　dreamt　that　you got married.
　　　　　　　　「名詞子句」做 dreamt 的受詞

這個字亦可省略

例 3

「他欺騙了她的感情」 已經不　是　秘密了。
　　　主詞　　　　　　　　↑　　　動詞　主詞補語

表示「時間」，是副詞

The fact that he cheated on her  is  no more  a secret.
名詞子句做「主詞」　　　　　　　　　　動詞　　副詞　　　主詞補語
↓　　　　　　　　　　　　　　　　　　　　　　　　　（它補足主詞的意義）

名詞子句做主詞，通常加 the fact that

例 4

他終於畢業了　使　他父母　很高興。
　　主詞　　　動詞　受詞　　形容受詞（所以叫作「受詞補語」）

The fact that he finally graduated　made
　　名詞子句作主詞前面通常加 the fact that　　　　動詞

his parents　very happy.
　　受詞　　　　　受詞補語

例 5

我　　將　　嘗試 背這首詩。
主詞 助動詞 動詞　　受詞

1. memorize this poem 是動詞開頭，所以是「動詞片語」不能做受詞，必須改為「名詞」，才能做受詞。
2. 所以我們把動詞改為動「名」詞，就成為名詞片語了。

I  will  try  memorizing this poem.
主詞 助動詞 動詞 「名詞片語」做受詞

當然也可以改為不定詞片語

to memorize this poem

有時候，如果名詞子句或名詞片語做主詞時，它們的字太多了，顯得這個句子的主詞太長，我們就可「虛晃一招」，使用「虛主詞」。方法很簡單：

例 1

一個禮拜看三次醫生　是　麻煩的。
　　　主詞　　　　　動詞　主詞補語

原來這麼寫：Seeing the doctor three times a week  is
　　　　　　　　　　名詞片語做主詞　　　　　　　動詞

troublesome.
形容詞做主詞補語

改用虛主詞 it

It  is  troublesome
虛主詞 動詞　主詞補語

seeing the doctor three times a week.

真的主詞搬到這裡了！

當然也可以用「不定詞片語」

to see the doctor three times a week.

例 2

**婚前張大眼，婚後閉隻眼　是　很重要的。**

　　　　　　主詞　　　　　動詞　主詞補語

1. 主詞太長了，我們用虛主詞 it。
2. 然後把這個主詞搬到後面。

It 　　 is 　　 important
虛主詞　動詞　　形容主詞（所以是主詞補語）

to keep your eyes wide open before marriage and half-
shut afterwards.　　　　真的主詞搬到這裡了

❶ 然而，如果這個名詞子句表達的是「是」或「否」，就不用加 that，直接在前面加一個 if ... or not（或 whether ... or not）就可以了。

❷ if 常獨立使用，後面的 or not 可以省去。

例 1

**我　要知道　你是否快樂。**
主詞 動詞片語 名詞子句，做「知道」的受詞

1. 表示「是」或「否」
2. 所以前面加 if 或 whether ... or not

want to know

if you are happy or not 或 whether you are happy or not

英文 I　want to know　if you are happy.
　　　　　　動詞　　　　　名詞子句做 know 的受詞

也可說 I　want to know　whether you are happy or not.

我 　 不 　 在乎 你是不是中國人。

主詞 助動詞 動詞 名詞子句，做「在乎」的受詞

1. 表示「是」或「否」
2. 所以前面加 if 或 whether ... or not

if you are Chinese (or not)

或 whether you are happy or not

英文 I don't care if you are Chinese.

也可說 I don't care whether you are Chinese or not.

# 文法一點通

1. 主詞和受詞，必為「名詞家族」。

2. 名詞家族包括了以下：

名詞：book、umbrella、water ……

代名詞：he、they、him、whom、whose、everyone、anyone ……

動名詞（V + ing）：crying、seeing、eating ……

不定詞（to + V）：to cry、to see、to eat ……

名詞子句：任何句子皆可。

名詞片語：① seeing a movie、telling the truth ……

② to see a movie、to tell the truth ……

虛主詞：it

★ 本章文法用語

● 詞類：genre [ˋʒɑnrə]

● 名詞：noun（例 book、cat、bus）

● 代名詞：pronoun（例 he、she、they）

● 專有名詞：proper noun（例 Taipei、Mt. Fuji、Mary）

● 動名詞：gerund [ˋdʒɛrənd]（例 singing、dancing、sleeping）

● 動名詞片語：gerund phrase（例 living in Taiwan、seeing him sad）

● 名詞子句：noun clause（例 I believe that you are right.）

名詞子句

● 不定詞：infinitive verb（例 to go to eat、to travel）

● 主詞：subject

● 受詞：object

● 補語：complement

# 2

## 這個複數加不加 s ？

✓ 「可數」與「不可數」到底怎麼分辨？

✓ 集合名詞何時必須加 s ？

✓ -tion、-ship、-ism 的多數

大家都學過「可數」與「不可數」名詞，卻沒有百分之百的把握能夠恰當地使用單複數名詞。它們到底怎麼區分？我不贊成死記規條，因為例外太多，就不能算規例了。我們應該從觀念下手，才可以一通百通，不會再弄混了。這一章只針對我們經常混淆的部分來討論，讀完，我們對於名詞的單複數應該就十分清楚。

首先，只要是一個一個、清晰可分的，而且每一個都是一個獨立的單位，就是「可數」名詞。

因為抽象的東西看不到、抓不到、無法數，所以抽象名詞當然不可數。這是讀者較能掌握的部分，所以我們稍微複習一下即可。

例 知識：knowledge

資訊：information

勇氣：courage、bravery

慈善：charity、mercy

智慧：intelligence、wisdom

愛：love

強烈的愛：affection

恨：hatred

柔軟：softness

善良：kindness

**1** 至於以下，讀者就必須注意了：材料有各種單位（一匙、一碗、一塊、一噸），所以材料本身無法自成一個固定不變的單位，因此材料是不可數的。但是，因為材料借用各種單位來使用，單位本身則是可數的。

布：**fabric** 不可數，但是單位可數

一碼布：**a yard of** fabric

兩捲布料：**two scrolls of** fabric

水泥：**cement** 不可數，但是單位可數

一噸水泥：**a ton of** cement

五包水泥：**five bags of** cement

木頭：**wood** 不可數（**woods** 指的則是「樹林」），但是單位可數

一塊木頭：**a piece of** wood

兩片木板：**two planks of** wood

金屬：**metal** 不可數，但是單位可數

兩個鐵條：**two bars of** iron

兩塊銅：**two pieces of** copper

一層 18K 金：**a layer of** 18K gold

食物類（肉、飲料……）不可數，但是單位可數

一片火腿：**a slice of** ham

兩罐火腿：**two cans of** ham

三杯珍珠奶茶：**three glass of** bubble tea

※ 比較：

This is good <u>paper</u>. 這種紙是好材料。

↑

① 指「材料」

② 所以用單數

She is writing a paper. 她在寫論文。

① 指「論文」

② 所以可數

（複數範例：She has written two papers this month.）

**2** 集合名詞不可數：一個一個、同類的東西在一起的群體，就是集合名詞。既是一群，就可多可少，因此也沒有固定單位，所以不可數。（※ 這一類最容易出錯）

例 傢俱：**furniture**

（它是一個群體，包括各種形狀和種類，所以是集合名詞）

例 我需要買五六件傢俱。

I need to buy five or six pieces of furniture.

例 衣服：**clothes** （它是一個群體，包括各式各樣的衣服）

例 我的衣服都濕了。

My clothes are wet.

常見的集合名詞有以下：

行李：**baggage**（英式：luggage）（它是一個群體，包括衣服……等各種行李）

郵件：**mail** （它是一個群體，包括全部寄出或收到的郵件）

字彙：**vocabulary** （它是一個群體，包括長長短短的各種單字）

設備：**equipment** （它是一個群體，包括各種形狀和功能的設備）

觀眾：**audience** （它是一群人）

軍隊：**army** （它是一群軍人）

委員會：**committee**（它是一群委員所組成的）

群：**group**（它是一群人）

公眾：**public**（它是一群人）

多數：**majority**（它是一群人）

少數：**minority**（它是一群人）

家人：**family**（指一家全體）

班級：**class**（指「全班」這個個體）

珠寶：**jewelry**（它是各式各樣的珠寶）

社會：**society**（它是一群，包括各行各業）

隊：**team**（它是一群）

全體船員、飛機組員：**crew**（它是一群人）

大學的全體教職員工：**faculty**（它是一群人）

一堆東西：**stuff**（它是一堆東西）

水果：**fruit**（它包括各式各樣的水果）

魚：**fish**（它包括各式各樣的魚）

| 永遠是單數 | 單數之內含有「多數」 |
|:---:|:---:|
| ↓ | ↓ |

　　要注意的是，集合名詞既是「一群」，就必由一個一個組成，但是如果有「很多群」，就必須用複數。因此，集合名詞所搭配的動詞單複數必須靈活地隨著它的意義而改變。我們看以下例子：

第一組例子

**1.** 只有一個群體：

The audience listens attentively to its speaker.

單數　　　　　　　　單數

> ① 指「全部的聽眾」專心在聽講
> ② 因此是一個大群體
> ③ 意義是單數

## 2. 以群體中的一個一個為單位：

The audience choose their seats.

複數　複數　複數

> ① 每個聽眾都找位子，所以這是以一個一個的小個體為單位。
> ② 所以意義是多數。
> ③ 因此動詞用複數。

## 3. 不只一個群體：

Different audiences need different topics.

> ① 不同的演講有不同的聽眾
> ② 所以聽眾不只一群，而是一個以上的群體
> ③ 集合名詞就須加 s，成為複數

第二組例子

## 1. 只有一個群體：

The committee has its fame. 這個委員會很出名。

單數　單數

① 指「全部的委員」
② 所以是一個「群體」
③ 動詞用單數

**2.** 以群體中的一個一個為單位：

複數
<u>The committee</u> <u>are</u> communicating with <u>one another</u> about
複數

<u>their</u> <u>different</u> <u>opinions</u>. 這些委員正在溝通不同的意見。
複數　　　　　　　　複數

① 有多數的委員，這包含一個一個「小個體」
② 動詞用複數

**3.** 不只一個群體：

There are three <u>committees</u> in the department.
這個部門有三個委員會。

① 三個群體
② 所以集合名詞加 s，成為複數名詞

第三組例子

**1.** 只有一個群體：

The majority <u>rules</u>. 少數服從多數。

單數

> ① 一個大群體（單數）　② 動詞用單數

**2.** 以群體中的一個一個為單位：

The majority <u>are</u> going. 大多數人會去。

複數

> ① 許多小個體（複數）　② 所以意思是複數

**3.** 不只一個群體：

<u>Majorities</u> always win! 在任何場合，多數人總是會贏的。

> 指所有的多數群體，所以加 s，表示多數。

第四組例子

**1.** I'm going to buy some <u>furniture</u> which <u>isn't</u> too expensive.

一個群體　　　　　　單數
（單數）

**2.** Your <u>furniture</u> <u>is</u> beautiful.

一個整體　　單數
（單數）

**3.** Please make sure that the furniture are put in the right places.

複數

一個一個　　　複數

傢俱（多數）

**1.** The team loves its coach!

單數

單數

① 指「全部組員」
② 所以這是一個「群體」，視為單數

**2.** The team are going to bring their girlfriends and boyfriends

複數　　　　　　　　複數　　　　複數　　　　　　複數

to the party.

一隊中的許多小個體（複數）

**3** 一些名詞的字尾天生就是 s，卻是單數，s 不能拿掉：

新聞：**news** （例 This is a good news.）

網球：**tennis**

腮腺炎：**mumps** （臺灣俗語是「豬頭肥」）

麻疹：**measles**

數學：**mathematics** （例 Mathematics is easy.）

經濟學：**economics** （例 Economics is an important study.）

物理學：**physics**

公民學：civics

倫理：ethics （例 Ethics plays an important role in our lives.）

> 一人一條命，所以是複數

**4** 有些名詞既是可數，也是不可數。這樣會不會很麻煩？答案是「不會麻煩」。因為文法是活的，我們不需要背，只要頭腦清楚地了解名詞在句子中的意思為何，就不會弄錯了。我們看以下例句：

**第一組例子**

雞肉（chicken）是肉類，可切片、切塊、切絲，沒有固定單位，因此不可數。

**1.** I like to eat chicken. 我喜歡吃雞肉。

但是如果它指的不是「肉」，而是一隻一隻的「雞」，當然就可數了。

**2.** I used to raise chickens when I was young. 我年輕時養雞。
　　　　以前

**第二組例子**

> 接不可數名詞

little：幾乎沒有
a little：有一點

**1.** He speaks English with little difficulty. 他英文說得蠻好。

> ① 指「困難度」，是抽象名詞，難以辨識單位。
> ② 所以不可數。

**2.** I had some <u>difficulties</u> reaching you. 我好幾次很難找到你。

> ① 指「感到困難的次數」
> ② 所以可數
> ③ 如果指「困難度」，則仍用單數。

**3.** We had some serious <u>difficulties</u> in this project.

這個工作有若干嚴重的難題。

> ① 指「難題」 ② 所以必定可數

第三組例子

**1.** I love to eat <u>fruit</u>!

> ① 一般的水果，所以指水果「整體」
> ② 因此不可數

**2.** There <u>are</u> so <u>many</u> <u>types</u> of <u>fruits</u> here.

複數　　複數　　複數　　複數

> ① 一個 type 是一個單位，所以 type 用多數。
> ② 前面用 types of，表示它不是指「全體水果」，而是各種水果，所以 fruit 加 s

和以下比較：

36

**3.** We must eat five <u>servings</u> of <u>fruit</u> every day.

我們每天要吃五份的水果。

serving 是單位，表示「一份」，所以可數。

雖然前面說了是「五個份量」，看似多數，但是因為可能五份都是同一個水果，所以 fruit 在此是不可數。

第四組例子

　　葡萄、芭樂很容易數，所以任何時候都是可數，多數都加 s。但是大型水果，例如鳳梨、西瓜，一個一個雖然可數，但是因為它們太大了，我們不能一個一個地吃，因此這幾種水果在吃的時候，就變成了不可數。

**1.** I just ate a <u>guava</u>. 我剛吃了一個芭樂。

芭樂是可數

**2.** There are so <u>many</u> <u>pineapples</u> left.

還剩下好多顆鳳梨。（例如在大賣場）

可數　　　　可數

**3.** There's so <u>much</u> pineapple left.

還剩下好多鳳梨。（例如在盤子裡沒吃完）

這指的是鳳梨肉，所以不可數

單數動詞

**1.** True friendship is valuable. 真誠友誼很珍貴。

① 指「友誼」本身，是抽象名詞。
② 所以不可數，只能用單數。

單數動詞

**2.** Your friendship means a lot to me. 你的友誼彌足珍貴。

① 你對我的一份友誼，是指兩人的「關係」。
② 所以是可數。
③ 在這個句子中，它是可數的單數名詞。

用複數動詞

**3.** Few friendships last forever. 少有永恆的友誼。

few 修飾可數名詞
（little 修飾不可數名詞）

① 指「一段段的友誼」
② 所以可數
③ 因此是複數名詞

搭配單數動詞

**1.** Business <u>has</u> been bad since the stock market crashed.

自從股市崩盤以來，生意都不好。

① 泛指「所有的生意」
② 所以是集合名詞
③ 因此不可用複數

**2.** <u>Businesses</u> in those places <u>are</u> slow. 那些地方的生意都很清淡。

① 指一家一家的生意
② 所以是可數名詞
③ 因此多數加 s

複數動詞

**1.** Your <u>hair</u> <u>is</u> pretty. 你的頭髮很漂亮。

單數

① 指全頭的頭髮
② 所以是一個集合名詞
③ 因此用單數

**2.** There <u>are</u> two <u>hairs</u> in my soup. 我的湯裡有兩根頭髮。

複數

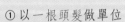

> ① 以一根頭髮做單位
> ② 有「兩根」頭髮
> ③ 所以用複數

第八組例子

**1.** <u>Light</u> travels faster than <u>sound</u>. 光的速度比聲音快。

> ① 指「光線」這個東西
> ② 光線不可數，所以是單數

> ① 指「聲音」這個東西
> ② 聲音不可數，所以是單數

**2.** The city was filled with bright <u>lights</u> and harsh <u>sounds</u>.

城市裡充斥著明亮的燈火和刺耳的聲音。

> ① 用「一盞一盞的燈光」做單位
> ② 有許多燈
> ③ 所以是複數

> ① 用「一個一個聲音」做單位
> ② 有許多聲音
> ③ 所以用複數

第九組例子

**1.** <u>Art</u> is important to us. 藝術對我們很重要。

> ① 指「藝術」這個抽象的東西
> ② 所以是單數

**2.** I'm interested in the folk <u>arts</u> of Taiwan.

我喜歡台灣的民俗藝術。

① 指一項一項的民俗藝術
② 所以用複數

---

**第十組例子**

**1.** I love to eat <u>pizza</u>. 我喜歡吃披薩。

① 指 pizza 這種食物
② 飲食、材料都不加 s
③ 所以是單數

**2.** I ate two <u>pizzas</u> today. 我今天吃了兩個披薩。

① 不是指披薩這種「食物」，而是指一個一個 pizza
② 所以用複數

---

**第十一組例子**

**1.** I'm interested in African <u>sculpture</u>. 我喜歡非洲的雕刻。

① 指「雕刻」這種藝術
② 所以是抽象名詞
③ 因此用單數

**2.** This is <u>a</u> beautiful <u>sculpture</u>. 這是一個美麗的雕刻品。

> ① 指「一個一個」的雕刻品
> ② 所以是可數名詞，前面用 a
> ③ 若是多數，則加 s
> （例：I just bought two sculptures.）

第十二組例子

**1.** Your <u>skin is</u> beautiful. 你的皮膚好美。

> ① 指「皮膚」
> ② 皮膚不能數
> ③ 所以用單數

**2.** This table is made of animal <u>skins</u>.

這桌子是用一些動物的皮革做成的。

> ① 指「一塊一塊」的皮膚
> ② 所以可數
> ③ 用複數

第十三組例子

**1.** <u>Is</u> <u>religion</u> important to us? 宗教對我們重要嗎？

> ① 指「宗教」這種「信仰」
> ② 所以是抽象名詞，不可數
> ③ 必須用單數

**2.** I respect all <u>religions</u>. 我尊重所有宗教。

① 指「一個一個」的宗教
② 所以可數
③ 用多數

第十四組例子

**1.** John has <u>a fish</u> in his aquarium. 約翰的水族箱有一條魚。

① 一條魚　② 所以可數

**2.** She has <u>two fish</u> in her aquarium. 她的水族箱有兩條魚。

① 兩條魚
② 但是可能是同種魚，屬集合名詞，因此縱然是多數，也不加 s。

**3.** Mary had some <u>fish</u> for lunch. 瑪麗午餐吃魚。

魚肉不可數

**4.** There are many <u>fish</u> in the river. 河裡有許多魚。

① 許多魚
② 所以可數，前面用 many
③ 但是再多的魚，並未強調是不同群體的，所以用集合名詞，多數不加 s。

搭配複數動詞　　鮪魚（集合名詞不加 s）

**5.** The <u>fishes</u> in that river <u>include</u> <u>tuna</u> and <u>cod</u>.

這條河裡的魚有鮪魚和鱈魚。

① 後面清楚地說明是兩種群體的魚
② 所以是複數
※ 再次強調：集合名詞的條件是同類、同種。

鱈魚（集合名詞不加 s）

第十五組例子

**1.** This job needs <u>experience</u>. 這個工作需要經驗。

① 指「經驗」這個抽象的名詞
② 只能用單數

**2.** I have <u>many</u> <u>experience</u>s as a traveler. 我有許多旅行的經驗。

① 指「一次一次」的經驗
② 所以是可數
③ 用複數

第十六組例子

**1.** <u>Life</u> <u>is</u> beautiful. 生命是美好的。

單數 ◄────

① 指「生命」這個東西
② 是抽象名詞
③ 所以不可數，用單數

**2.** Education is important to <u>our lives</u>. 教育對我們很重要。

① 一人一條命
② 所以是多數

**1.** That <u>was</u> an act of <u>heroism</u>. 那是英雄式的行為！
單數

① 指「英雄式」這個精神
② 所以是抽象名詞
③ 只能用單數

**2.** There <u>are</u> <u>heroisms</u> all around us. 我們身邊有各種英雄主義。
複數

① 指「各式各樣」的英雄式想法或行為
② 所以可數
③ 用多數

※ **既然提到 heroism，我們就順便學一些 –ism 結尾的常用字：**

capitalism  資本主義

idealism  理想主義

baptism  受洗

criticism  挑剔語、批評語

communism  共產主義

professionalism  專業性

nationalism 民族主義

patriotism 愛國主義

materialism 物質主義

male chauvinism 大男人主義

female chauvinism 大女人主義

feminism 女性主義

**第十八組例子**

**1.** I got too <u>much</u> <u>homework</u>. 我的功課太多。

        不可數

① 指「功課」的集合名詞
② 所以不可數

**2.** You got <u>two</u> more <u>homeworks</u> to do. 你還有兩項功課未做。

① 指「一項一項」作業
② 所以可數
③ 用複數

**5 動名詞也可加 s**

例 1

His <u>writing</u> <u>has</u> improved. 他的寫作進步了。

① 指「寫作」的功力，所以是抽象名詞
② 所以不可數

The <u>writings</u> of Plato <u>are</u> revered even today.

柏拉圖的作品至今仍受人推崇。

> ① 指一篇篇的作品
> ② 所以是可數
> ③ 因此用複數

例 2

Stop your <u>musing</u> and get to work! 別沈思了！開始做吧！

> ① 指「思想」，是抽象名詞
> ② 所以不可數，須用單數
> ＊ Muse 是希臘神話故事中的文藝女神

His <u>musings</u> <u>have</u> been collected into a book.

他的許多想法已經集結成書。

> ① 指一個一個的想法
> ① 所以用多數

6 -ship 結尾之字，通常是可數的，也就是說，可能是單數、也可能是複數。如果是多數的意義，就用複數動詞。

例 1

I have <u>a</u> good <u>relationship</u> with my <u>wife</u>.

我和妻子感情很好。

My romantic <u>relationships</u> <u>have</u> always ended badly.

我的戀愛總是失敗。

**例 2**

Tiger woods is in the <u>championship</u> round.

老虎伍茲在打冠軍盃。

He has won <u>many</u> <u>championships</u>.

他得了很多冠軍。

**7** -tion 結尾之字，如果是抽象名詞，複數幾乎都不加 s。

（question、suggestion、station 這些字不是抽象名詞，

可以加 s）

**範例**

**1.** *Harry Potter* expresses all the <u>imagination</u> in the world.

**2.** *Harry Potter* has captured the <u>imagination</u> of children.

**3.** That's very important <u>information</u>.

不可加 a

**4.** That's a very important piece of <u>information</u>.

**5.** The writer collects all <u>information</u>.

**6.** This kind of life has brought him great <u>satisfaction</u>.

**7.** Your <u>satisfaction</u> is based on material things.

補充 天空也是可數的

We can expect <u>a</u> clear <u>sky</u> tonight. 我們今晚會有個晴朗的天空。

「限定」是淡水的天空，所以用定冠詞 the

↓

<u>The</u> <u>skies</u> over Tamsui <u>are</u> beautiful. 淡水的天空很美。

① 每天都有不同的天空
② 所以用多數

★ **本章文法用語**

- 可數名詞：count noun
- 不可數名詞：noncount noun
- 抽象名詞：abstract noun
  [ˋæbstrækt]
- 集合名詞：collective noun（或 <u>mass</u> noun）
  [kəˋlɛktɪv]　　　　　大量

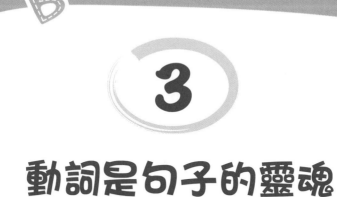

# 3

# 動詞是句子的靈魂

- ✓ 動詞也有家族
- ✓ 動詞必「動」
- ✓ -ed 唸 [d]、[t] 還是 [ɪd]？

# ✓ 何謂動詞？

顧名思義，所謂「動」詞，就必定有所「動」作。

動詞的「動作」有兩種：

**1** 動態的：這種動態一目了然，輕鬆地就可以認定。例如：

$$動態的動詞 \begin{cases} 跑\ run \\ 飄浮\ float \\ 打\ hit \\ 吃\ eat \end{cases}$$

**2** 靜態的：這種動詞雖然比較不明顯，但是，既是「動」詞，就必有「動」作在裡面。

$$靜態的動詞 \begin{cases} 想\ think （腦袋在動） \\ 了解\ understand （腦袋在動） \\ 喜歡\ like （感情在流動） \\ 死\ die （生命在流動） \end{cases}$$

## 🎓 動詞變化很簡單

**1** 一般說來，動詞三態變化用 -ed 結尾即可（現在分詞用 -ing），不須記背。

現在式　過去式　　過去分詞　　現在分詞必加 ing

$$\begin{cases} open \rightarrow open\underline{ed} \rightarrow open\underline{ed} \rightarrow opening （打開） \\ clim\underline{b} \rightarrow climb\underline{ed} \rightarrow climb\underline{ed} \rightarrow climbing （爬） \end{cases}$$

$\qquad\qquad$ [klaɪmd]$\qquad$[klaɪmd]$\qquad$[ˋklaɪmɪŋ]

↑
b 不發音

$$\begin{cases} \text{close} \rightarrow \text{close\underline{d}} \rightarrow \text{closed} \rightarrow \text{clos\underline{ing}} \;（關） \\ \\ \text{change} \rightarrow \text{change\underline{d}} \rightarrow \text{changed} \rightarrow \text{chang\underline{ing}} \;（改變） \end{cases}$$

已有 e　　加 d 即可　　前面的 e 去掉之後，才加 ing

**2** 有些動詞有時有受詞，有時卻沒有受詞。這種動詞既是及物動詞，也是不及物動詞，視情況而定：

例 1

A: What do you do for living? 你以何維生？
B: I write.

（後面沒受詞，所以是不及物動詞）

I  write  novels.  我寫小說。
　　↑　　　受詞
（後面有受詞，所以 write 在這裡是及物動詞）

例 2

I'm singing. 我在唱歌。

（後面沒受詞，所以是不及物動詞）

I'm  singing  a song.
　　　↑　　　　受詞
（後面有受詞，所以 sing 在這裡是及物動詞）

**例 3**

Don't move. 不要動。
     ↑
  (後面沒受詞，所以是不及物動詞)

Don't   move   my chair. 不要挪動我的椅子。
       ↑       受詞
    (後面有受詞，所以 move 是及物動詞)

**例 4**

He just left. 他剛離開。
       ↑
    (後面沒受詞，所以是不及物動詞)

He  left   her. 他甩了她。
    ↑     受詞
  (後面有受詞，所以 left 是及物動詞)

**3** 有些動詞硬的很，在任何情況之下都是「不及物動詞」。但是如果文意需要而必須有受詞時，它可以接一個介系詞，讓受詞做這個介系詞的受詞。（※「介」系詞正如同「介」紹人，因它的出現，而使不及物動詞和受詞之間有了關係。）

**例 1** **complain** 是不及物動詞

He  often  complains. 他常發牢騷。
         後面沒受詞

He　often　complains　about　me. 他常埋怨我。
　　　　　　還是不及物動詞　　介系詞　　受詞

**例2　jump** 是不及物動詞

Don't　jump! 別跳！
　　　　後面沒受詞

Don't　jump　on　the bed. 不要在床上跳！
　　　　還是不及物動詞　介系詞　　受詞

**例3　talk** 也是不及物動詞

Please　talk. 請說話。
　　　　　後面沒受詞

Please　talk　to　me. 請對我說話。
　　　　　這是不及物動詞　介系詞　受詞

## 🎓 -ed 在過去式如何發音？

許多讀者並不確定過去式的尾音應該如何發音，-ed 該唸 [d]、[ɪd]、還是唸 [t]？方法很簡單，我們只要先認清原形動詞的結尾如何發音，就行了！

記憶要訣

**1** 出「聲」者 + 出「聲」者

54

## 2 出「氣」者 + 出「氣」者

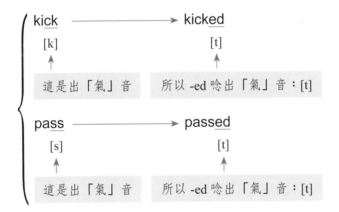

**3** 但是，如果原形動詞結尾是 -t，它雖然是出氣音，-ed 卻不能唸 [t]，因為如果 -ed 再唸出氣音 [t]，同一個 [t] 唸兩遍，就不好聽了。所以，[t] 結尾的字，-ed 都要唸出「聲」音：[ɪd]。

 綜合整理：

● 以下全是出「聲」音結尾的例子，所以 -ed 唸 [d]。

call      called   叫、打電話
出聲       [d]

meow   meowed  貓叫
出聲       [d]

clean   cleaned  清潔
出聲       [d]

● 以下全部是出「氣」音結尾的例子，所以 -ed 唸 [t]。

| [k]<br>〔它的發音是<br>ㄎ，但是只<br>出氣〕 | hike   hiked  爬山<br>[k]     [t]<br>knock  knocked  敲<br>[k]     [t] |

| [s]<br>〔它的發音是<br>ㄙ，但是只<br>出氣〕 | kiss kissed 親吻<br>[s] [t]<br>replace replaced 取代<br>[s] [t] |
| :--- | :--- |
| [p]<br>〔它的發音是<br>ㄆ，但是只<br>出氣〕 | wipe wiped 擦抹<br>[p] [t]<br>escape escaped 逃<br>[p] [t] |
| [tʃ]<br>〔它的發音是<br>ㄔ，但是只<br>出氣〕 | search searched 搜尋<br>[tʃ] [t]<br>attach attached 附帶<br>[tʃ] [t] |
| [ʃ]<br>〔它的發音是<br>ㄕ，但是只<br>出氣〕 | push pushed 推<br>[ʃ] [t]<br>establish established 建立<br>[ʃ] [t] |

● [t] 結尾就不一樣了：

skate skated 溜冰
[t] [ɪd]

faint fainted 昏倒
[t] [ɪd]

seat      seat<u>ed</u>    坐（例：Be seated. 坐下。）

  [t]         [ɪd]

isolate    isolat<u>ed</u>    孤立

   [t]        [ɪd]

## 🎓 少數動詞的變化並不規則

前面提過，動詞三態大多數是規則性的，不用死記。不規則變化就少得多，需要記起來：

| 現在式 | 過去式 | 過去分詞 | 現在分詞 | |
|--------|--------|----------|----------|---|
| bear | bore | born | bearing | 忍耐 |
| wear | wore | worn | wearing | 穿著 |
| know | knew | known | knowing | 知道 |
| blow | blew | blown | blowing | 吹 |
| fly | flew | flown | flying | 飛 |
| show | showed | shown | showing | 顯示 |
| teach | t<u>au</u>ght<br>[ɔ] × | taught | teaching | 教（記憶方式：老師從"A"教起，所以是 au） |
| buy | b<u>ou</u>ght<br>[ɔ] × | bought | buying | 買 |
| think | th<u>ou</u>ght<br>[ɔ] × | thought | thinking | 想 |
| drink | dr<u>a</u>nk<br>[æ] | dr<u>u</u>nk<br>[ʌ] | drinking | 喝 |
| sink | s<u>a</u>nk<br>[æ] | s<u>u</u>nk<br>[ʌ] | sinking | 下沉 |

| | | | | |
|---|---|---|---|---|
| begin | began<br>[æ] | begun<br>[ʌ] | beginning | 開始 |
| swim | swam<br>[æ] | swum<br>[ʌ] | swimming | 游泳 |
| sleep<br>[i] | slept<br>[ε] | slept<br>[ε] | sleeping<br>[i] | 睡 |
| keep<br>[i] | kept<br>[ε] | kept<br>[ε] | keeping<br>[i] | 保持 |
| sweep<br>[i] | swept<br>[ε] | swept<br>[ε] | sweeping<br>[i] | 掃 |
| weep<br>[i] | wept<br>[ε] | wept<br>[ε] | weeping<br>[i] | 哭泣 |
| fall<br>[ɔ] | fell<br>[ε] | fallen | falling | 落下 |
| feel<br>[i] | felt<br>[ε] | felt | feeling | 感覺 |
| kneel<br>[i] | knelt<br>[ε] | knelt | kneeling | 下跪 |

| 現在式 | 過去式 | 過去分詞 | 現在分詞 | |
|---|---|---|---|---|
| lose<br>[u] | lost<br>[ɔ] | lost | losing | 遺失 |
| loosen<br>[u] | loosened<br>[d] | loosened<br>[d] | loosening | 放鬆 |

※ loosen 這個字是規則變化，放在這裡是為了提醒讀者，它的變化和 lose 不同。

※ 另外，讀者常把 loose 搞混了，它是形容詞，表示「鬆的」（母音同 loosen 的 [u]。）

|  | 現在式 | 過去式 | 過去分詞 | 現在分詞 |  |
|---|---|---|---|---|---|
|  | eat | ate<br>[e] | eaten<br>[i] | eating | 吃 |
|  | write | wrote<br>[o] | written<br>[ɪ] ←<br>兩個 t | writing<br>↑<br>一個 t 就好 | 寫 |
|  | ride | rode | ridden | riding | 騎 |
|  | run | ran<br>[æ] | run<br>[ʌ] | running<br>↑<br>前面是短母音 [ʌ]，所以重複字尾 n | 跑 |
| 比較 | sing<br>swing | sang<br>swung | sung<br>swung | singing<br>swinging | 唱歌<br>搖擺 |
|  | take<br>[e]<br>shake<br>wake | took<br>[ʊ]<br>shook<br>woke | taken<br>[e]<br>shaken<br>waken | taking<br>shaking<br>waking | 拿<br>搖<br>醒 |

比較：bake 是規則動詞，放在這裡是為了提醒讀者，它的變化和 wake 不同。

|  | bake<br>[e] | baked<br>[t] | baked<br>[t]<br>↑<br>因為字尾是 [k]，出氣音，所以 ed 也跟著出氣，唸 [t]。 | baking | 烤 |
|---|---|---|---|---|---|
|  | go<br>steal<br>[i] | went<br>stole | gone<br>stolen | going<br>stealing | 去<br>偷 |

比較：seal 是規則變化。

|  | seal | sealed | sealed | sealed | 蓋印記、<br>封起來 |
|---|---|---|---|---|---|

| | 現在式 | 過去式 | 過去分詞 | 現在分詞 | |
|---|---|---|---|---|---|
| | see | saw | seen | seeing | 看 |
| | hold [o] | held [ɛ] | held | holding | 握 |
| | draw [ɔ] | drew [u] | drawn | drawing | 畫 |
| | dig [ɪ] | dug | dug | digging | 挖 |
| | tell [ɛ] | told | told | telling | 告訴 |
| | meet [i] | met [ɛ] | met [ɛ] | meeting [i] | 遇見 |

前面是短母音，所以重複字尾。

| 三態一樣 | | | | |
|---|---|---|---|---|
| read [i] | read [ɛ] | read [ɛ] | reading | 讀 |
| put | put | put | putting | 放 |
| set | set | set | setting | 放 |
| hit | hit | hit | hitting | 打 |
| shut | shut | shut | shutting | 關 |

前面都是短母音，所以重複字尾。

| 以下是讀者常錯之處，請注意！ | | | | |
|---|---|---|---|---|
| 「說謊」<br>(記憶法：說謊成習，<br>變成規律性的，所以是<br>三態規則變化) | lie | lied | lied | lying |
| 「躺」<br>(記憶法：「躺」得東<br>倒西歪的，是因為太累<br>(lay)，不規則) | lie | lay | lain | lying |
| 「下蛋」<br>(記憶法：乖乖地下蛋，<br>所以規則) | lay<br>[e] | laid<br>[e] | laid | laying |

## ★ 本章文法用語

- 動詞：verb
- 及物動詞：transitive [ˋtrænsətɪv] verb
- 不及物動詞：intransitive [ɪnˋtrænsətɪv] verb
- 動詞三態：three verb tenses
- 現在式：present tense
- 過去式：past tense
- 現在分詞：present participle
- 過去分詞：past participle
- 出氣音：respiratory [rɪˋspaɪrəˏtorɪ] sound（例 [f]、[k]、[p]、[s]、[t]）
- 出聲音：voiced sound

# 4

# 形容詞&副詞很容易區分

- ✓ 形容詞只修飾「名詞家族」
- ✓ 其他全由副詞包辦
- ✓「副」詞如同「副」總統或「副」班長

其實，形容詞和副詞壁壘分明，很容易區分，也很好用：

**1** 形容詞修飾所有的「名詞家族」(名詞、代名詞、動名詞、不定詞、名詞片語、名詞子句)。

**2** 剩下的全交給副詞來修飾。我們來區分一下：

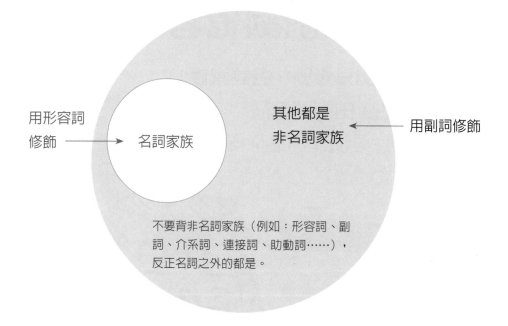

用形容詞修飾 → 名詞家族

其他都是非名詞家族 ← 用副詞修飾

不要背非名詞家族（例如：形容詞、副詞、介系詞、連接詞、助動詞……），反正名詞之外的都是。

She is beautiful.
　　　　　修飾代「名詞」，所以用形容詞。

She skates beautifully.
　　　　①不是「她」美，而是「溜冰」溜得很美。
　　　　②「溜冰」非名詞，只要是「名詞家族」之外的，均用副詞修飾。

Children are sweet.

修飾「名詞」，所以用形容詞。

Those children are sweetly smiling.

① 不是孩子甜美，而是「笑」
得甜美。

② 名詞家族之外的，均用副詞
來修飾。

以下是幾個讀者容易搞混的形容詞和副詞

**1. Hard 是 adj.，也是 adv.**（※adj. 是「形容詞」、adv. 是「副詞」）

This is hard.
名詞
家族
難 adj.

She is hard.
名詞
家族
兇 adj.

We work hard.
動詞
努力 adv.

They try hard.
動詞
努力 adv.

**2. Hardly 是副詞，只有一個意思：「幾乎不」**

I can <u>hardly</u> <u>talk</u>. 我幾乎說不出話。
     adv.     動詞

**3. Fast 是 adj.，也是 adv.**

<u>She</u> is <u>fast</u>.
名詞   adj.
家族

She <u>runs</u> <u>fast</u>.
   動詞   adv.

He <u>speaks</u> <u>fast</u>.
   動詞   adv.

**4. Well 是 adj.，也是 adv.**

❶ Well 做形容詞用時，只有一個意思：「身體」好

<u>He</u> isn't <u>well</u>. 他不舒服。
名詞    adj.
家族

Are <u>you</u> <u>well</u>? 你身體好嗎？哪裡不舒服嗎？
   名詞   adj.
   家族

❷ Well 做副詞用時，則表示「程度」好

He  performs  well. 他表現得很好。（表示程度）
  動詞          adv.

You  spoke  well. 你說得很好。（表示程度）
  動詞        adv.

She  writes  well. 她寫得很好。（表示程度）
  動詞          adv.

## 5. Late 是 adj.，也是 adv.

You  are  late.
代名詞        adj.

You  came  late. 你來晚了。
代名詞        adv.

※ 比較：lately 表示「最近」，和「晚」無關。
　　例 You look tired lately. 你最近看起來很累。

※ 只有形容詞能修飾「名詞家族」，而「名詞家族」以外的，都必須由副
　詞來修飾。

| 同樣的英文字 | 用 adj. 還是 adv. 來修飾它？ | 例句 |
|---|---|---|
| sleep 睡覺（動詞） | adv. | Did  you  sleep  well?<br>　　　　　　　adv. |
| sleep 睡眠（名詞） | adj. | Did you have a good  sleep?<br>　　　　　　　adj. |

| 同樣的英文字 | 用 adj. 還是 adv. 來修飾它？ | 例句 |
|---|---|---|
| jump 跳（動詞） | adv. | He jumps happily.<br>　　　　　adv. |
| jump 跳（名詞） | adj. | It was a quick jump.<br>　　　　　　　adj. |
| to exercise<br>運動（不定詞） | adj. | To exercise everyday is beneficial.<br>　　　　　　　　　adj.<br><br>① 不定詞片語做主詞<br>② 主詞和受詞都是名詞 |
| exercising<br>運動（動名詞） | adj. | Exercising is healthful.<br>　　　　　　adj. |

# ✔ 爲什麼被稱爲「副」詞？

「副」通常表示：雖然地位變高，但是少了他，事情也可做完。例如：「副」總統、「副」班長……等。

顧名思義，「副」詞的意義與地位是：有了它，句子更完整；少了它，句子雖少了什麼，文法上也還成立。

例

He sleeps. 他睡覺。
He sleeps well. 他睡得「很好」。
　　　　　adv.

（※ 記得：well 做 adv. 用，只表示「程度」好）

$$\begin{cases} \text{I swim. 我游泳。} \\ \text{I } \underline{\text{swim}} \quad \underline{\text{fast}}. \text{ 我游得「很快」。} \end{cases}$$

　　　　　　adv.

$$\begin{cases} \text{These are expensive. 這些好貴。} \\ \text{These are } \underline{\text{terribly}} \quad \underline{\text{expensive}}. \text{ 這些貴得「嚇人」。} \end{cases}$$

　　　　adv.　　　　　　adj.

　　所以，一個句子如果包含了「時間」、「地方」、「頻率」，當然很好，但是如果沒了它們，句子在文法上也可成立。既然可有可無，這些英文字不用死背，自然都是副詞：

**時間副詞，例如**

now $\begin{cases} \text{Please go.} \\ \text{Please go } \underline{\text{now}}. \end{cases}$

　　　　　　　　　　　　表示時間，所以一定是副詞

later $\begin{cases} \text{I'll see you.} \\ \text{I'll see you } \underline{\text{later}}. \end{cases}$

　　　　　　　　　　　　表示時間，所以一定是副詞

tomorrow $\begin{cases} \text{See you.} \\ \text{See you } \underline{\text{tomorrow}}. \end{cases}$

　　　　　　　　　　　　表示時間，所以一定是副詞

※ 比較 <u>Tomorrow</u> is Sunday. 明天是星期日。

　　　表示一個日子，做句子的主詞，而非做一件事
　　　的「時間」，所以是名詞。

home $\begin{cases} \text{I'll go.} \\ \text{I'll go } \underline{\text{home}}. \end{cases}$

表示地方，所以一定是副詞。

※ 比較：I have a <u>sweet</u>　<u>home</u>.
　　　　　 adj.　　名詞（表示一個「家庭」，而非一個地方）

there $\begin{cases} \text{I live.} \\ \text{I live } \underline{\text{there}}. \end{cases}$

表示地方，所以一定是副詞。

頻率副詞

never $\begin{cases} \text{I will go there.} \\ \text{I will } \underline{\text{never}} \text{ go there.} \end{cases}$

① never 表示頻率（一次都不會），所以一定是副詞。

② 其實，從另外一個角度看，never 修飾 go，而 go 是動詞，不是名詞，所以 never 絕對是副詞。

often $\begin{cases} \underline{\text{She}} \text{ is } \underline{\text{late}}. \\ \text{名詞　　　adj.} \\ \\ \text{She is } \underline{\text{often}}\text{ } \underline{\text{late}}. \\ \text{adv.　　　adj.} \end{cases}$

① often 表示頻率，所以一定是副詞。

② 從另一個角度看，often 修飾 late，而 late 不是名詞，所以 often 一定是副詞。

※ 比較：She <u>comes</u>  <u>late</u>. 她來晚了。
　　　　　　v.　　adv.

seldom　　I <u>seldom</u>  <u>eat</u> out. 我很少外食。

　　　　　　adv.　　　　v.

> Seldom 表示頻率，所以一定是副詞。

# 文法一點通

**1.** 形容詞修飾名詞家族。

**2.** 名詞家族之外的，全用副詞修飾。

**3.** fast：adj. & adv.

**4.** badly：除了「壞地」，還有「非常地」的意思。

**5.** hard：adj.（兇、硬）& adv.（努力）

  hardly：adv.（幾乎不）

**6.** good：adj.（好）

  well：adj.（身體好）

  ※ well 如果是 adv.，必指「程度好」

★ 本章文法用語

　● 形容詞：adjective [ˋædʒɪktɪv]

　● 副詞：adverb

　● 修飾：modify

# 5

## 兩個句子中間到底要不要用逗點？

- ✓ 簡單句不能用逗點
- ✓ 何謂簡單句？
- ✓ 複合句必用逗點
- ✓ 何謂複合句？

讀者常感到混淆，兩個句子中間有時用逗點，有時卻不能用。到底什麼時候用逗點呢？其實很簡單，請看以下：

**❶ 簡單句就不用逗點。**

**1.** <u>She</u> is my friend.

> 一句話同一個主詞，就是「簡單句」。

**2.** <u>She</u> is my mom and my friend.

> 一句話同一個主詞，所以是「簡單句」，不要逗點。

**3.** <u>She and David</u> are my friends.

> 一句話不管有幾個主詞，只要句子是發自相同的主詞，都是「簡單句」。

**4.** She and Dave are my friends and my club members.

> 句子來自相同的主詞，所以是簡單句，不用逗點。

**❷ 複合句必須用逗點。**

**1.** <u>She is my mom</u> , and <u>he is my dad.</u>

　　　　獨立子句　　　↑　　　獨立子句

> ① 前後是獨立的子句，也就是説，誰也不屬誰，這就是「複合句」。
> ② 複合句必須用「逗點」和「連接詞」。

**2.** <u>She is my sister</u>, and <u>she likes to swim</u>.

　　　独立子句　　　　　　　　独立子句

> ① 前後是獨立的子句，因為誰也不屬誰，這
> 　 就是「複合句」。
> ② 複合句必須用「逗點」和「連接詞」。

**3.** <u>He has many books on the desk</u>, but <u>I don't</u>.

　　　　　独立子句　　　　　　　　　　独立子句

**4.** <u>I don't know you</u>, but <u>I know him</u>.

　　　独立子句　　　　　　　独立子句

> 前後是獨立的子句，也就是説，誰也不屬誰，
> 所以是「複合句」，必須用「逗點」和「連接詞」。

**5.** <u>I'll forgive you</u>, because <u>I love you</u>.

　　　独立子句　　　　　　　　独立子句

**6.** <u>I forgive him</u>, for <u>we all make mistakes</u>.

　　　独立子句　　　　　　　独立子句

> 前後是獨立的子句，也就是説，誰也不屬誰，
> 所以是「複合句」，必須用「逗點」和「連接詞」。

**7.** <u>He is studying</u>, while <u>you are playing</u>.

　　　独立子句　　　　　　　独立子句

**8.** <u>I'll help you</u> , since <u>I'm your teacher</u>.

　　　　獨立子句　　　↑　　　　　獨立子句

前後是獨立的子句，也就是說，誰也不屬誰，
所以是「複合句」，必須用「逗點」和「連接詞」。

# 文法一點通

1. 簡單句不用逗點。

2. 複合句須用逗點＋連接詞。

3. 簡單句：不論有幾個主詞、幾個動詞，只要它們都由同樣的主詞發出，就是簡單句。

4. 複合句：至少有兩個獨立的子句（也就是有不同的主要子句），誰也不附屬誰。也就是說，它整句的結構是〔主要子句＋,連接詞＋主要子句〕。

   例 He is my brother, and she is my sister.

★ 本章文法用語

- 連接詞：conjunction
- 逗點：comma
- 簡單句：simple sentence
- 複合句：compound sentence
- 複雜句：complex sentence（現在討論太早，我們留到「關係子句」時再討論）

# 6

# 介系詞是活的，不用背！

✓ in、at、into、of、off、from

許多人辛苦地背介系詞，真的很冤枉。其實介系詞完全不需要背。原因很簡單：英文是活的，介系詞自然也是活的，既是活的，就不用背！

## 🎓 輕鬆掌握 in：

### in：表示「深入」之意

- 對……感興趣：**interested in ...**（「感情」是「深入」的）

- 對……有經驗：**experienced in ...**（「經驗」是「深入」的）

- 相信……：**believe in ...**（「信念」是「深入」的）

- 信賴……：**confide [kənˋfaɪd] in ...**（「信任」是「深入」的）

- 主修……：**major in ...**（「主修」是「深入」的）

- 遭遇困難：**in a difficulty**（「陷入」其中）

- 擋路、擋視線：**in the way**（「深入」地侵犯我的路或視線）

  例 You are in my way. 你擋了我的路（視線）。

  ※ 比較：在途中（在路「上」）是 on the way

    例 She's on the way. 她正在途中。

## 🎓 輕鬆掌握 into：

### into 既是 in + to，就有「動態」之意

    in + to
    內   ↑
       往……（動態之意）

- 變成（從 A $\longrightarrow$ B，是動態，所以用 into）：**turn into ...**

  例 She has **turned into** an elegant lady.

- 變成（從 A $\longrightarrow$ B，是動態）：**change into ...**

  例 What has **changed** you **into** a thief?

- 遊說某人……（遊說，使 A → B）：**talk someone into ...**

  例 Stop trying to **talk** me **into** it!

- 搬入（又「搬到」又「進入」……，是動態）：**move into ...**

  例 I just **moved into** the apartment yesterday.

  ※ 比較：搬「到」，只有「到」某地方，而沒有「進入」的意味，所以是 move to

  例 I'll move to Tainan next month. 我下個月要搬到台南。

- 分成……（把東西變為好幾份，是動態）：**divide into ...**

  例 I'll **divide** the money **into** three parts.


🎓 **輕鬆掌握 at：**

**at 表示「在某個點上」**

- 在 8 點 20 分這個「點」上：**at 8:20**

  ※ 比較：在一月（在這個月之「內」）in January

  　　　　在三月五日（在這個日子「上」）on March 5th

- 在學校這個「點」：**at school**

  例 We'll meet **at** school. 我們「在」學校見。

  ※ 比較：在學校「裡面」in school

  例 I live in school. 我住在學校「裡面」。

- **在某某大學**（以這個學校做為一個點）：**at XX university**

  例 I study **at** XX university.

- **抵達……：arrive at 或 arriver in?**

  例 I'll arrive **at** Taiwan tomorrow.（在地球上看來，台灣只是一個點）

  ※ 比較：I live in Taiwan.（對我來說，台灣是一個大地方，我住在它裡面）

- **對……擅長**（就這一「點」而言）：**good at**

  例 I'm good **at** baseball.

  ※ 比較：對……很流利 fluent in（既然「流利」，就表示對字裡行間十分「深入」，所以用 in）

    例 I'm fluent in English.

- **看我**（「我」是一個目標「點」）：**look at me**

  ※ 比較：Look into it! 你仔細去看看！（深入透徹地看）

- **最多**（在最高「點」）：**at most**

- **最少**（在最低「點」）：**at least**

- **某人的最好表現**（在最「好」的一點）：**at one's best**

- **手邊有**（「手」是一個地「點」）：**at hand**

  例 Do you have $1,000 **at** hand?

  ※ 比較：在手「裡」in hand

    例 I got a flower in my hand.

🎓 **輕鬆掌握 of：**

**1** Of 表示「的」，即「屬於」之意。

**2** 但是，使用 of 時，中文和英文的字序倒過來。也就是說，中文是 XX 的 YY，英文是 YY 的 XX。

- 台北「的」：**of Taipei**

  英文 the mayor of Taipei
  　　　市長　　的　台北

  （中文是「台北的市長」，英文是「市長的台北」，順序顛倒）

- 明天「的」：**of tomorrow**

  英文 the weather of tomorrow
  　　　天氣　　的　　明天

  （中文是「明天的天氣」，英文是「天氣的明天」）

- 生命「的」：**of life**

  英文 the meaning of life
  　　　　意義　　的 生命

  （中文是「生命的意義」，英文是「意義的生命」）

- 心靈「的」：**of mind**

  英文 the state of mind
  　　　狀態　　的 心靈

  （中文是「心靈的狀態」，英文是「狀態的心靈」）

　　因為介系詞是活的，我們就要這麼想：**of** 既是「的」，就表示「屬於」，有「屬性」。不過，以下的範例全是「的」，但它是「屬於」嗎？不是「屬於」，就不能用 of，我們來分辨一下。

**例 1** 這隻狗「的」耳朵

↓

耳朵是「屬於」狗

↓

所以用 the ear of the dog

**例 2** 這家餐廳「的」菜

↓

雖然中文是「的」，但是菜不「屬於」餐廳，而是「在」這家餐廳「裡面」

↓

所以不能用 of，而是 in：the food in this restaurant

**例 3** 這家公司「的」員工們

↓

① 員工「屬於」公司的編制
② 所以用 of

↓

the employees of this company

**例 4** 我生命中「的」一個美好回憶

↓

① 回憶是「屬於」「生命」的
② 所以用 of

↓

a beautiful memory of my life

例 5 我生命中「的」一個意外

↓

① 意外不「屬於」生命，而只是恰巧發生在生命中的某個時間而已。
② 所以用 in

↓

an accident in my life

🎓 輕鬆掌握 off：

Off 表示「離開」，但它除了是介系詞之外，有時也是副詞。我們不妨這麼認知：有「介紹人」作用的，當然就是介系詞；其它作用的就是副詞了。

● 脫掉（「離開」身體）：take off

例 Take **off** your wig.

↑
假髮

take 和 your wig 本來無關，因為 off 的出現，才知道是要「脫掉」，所以它是介系詞，wig 做它的受詞。

● 起飛（「離開」地點）：take off

例 The plane will take **off** soon.

↑

後面沒有受詞，表示 off 是副詞。

● 送別（看到某人「離開」）：see 某人 off

例 Who'll see him **off** tomorrow.

後面沒受詞，所以是副詞。

- 放鞭炮（「離開」地點）：**set off firecrackers**

> 後面有 firecrackers 做受詞，所以 off 是介系詞。

例 We love to set **off** firecrackers.

> ① 鞭炮必是多數，因為少有人只放一個鞭炮，「碰」一聲，就沒了。
> ② 當然，如果只放一個鞭炮，一聲而已，就用 set off a firecracker。

※「放鞭炮」不能用 play firecrackers，因為我們不會把鞭炮放在手裡把玩。

 輕鬆掌握 from：

From 除了大家所熟知的「從」之外，常有「區別」之意。

- **A** 不同於 **B**（有區別之意）：**A is different from B**

- 分辨是非（有區別之意）：**tell right from wrong**
  例 Can't you **tell** right **from** wrong?

- 區分出來（區別）：**distinguish A from B**
  例 Could you **distinguish** Chinese **from** Japanese?

# 文法一點通

- in：較深入的意味（靜態的）
- into：動態的
- to：表示方向 "→"

---

- off：離開（介系詞＆副詞）

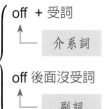

off ＋ 受詞

↑　　介系詞

off 後面沒受詞

↑　　副詞

---

- at：在……點（地「點」、幾「點」幾分）
- on：在某一天
- in：① 在某一年或某個月　② 在……之「內」

---

- of：的（屬於）（中英文字序顛倒）

---

- from：① 從……　② 有「區分」之意

# 關係子句的真面目

- ✓ 什麼「關係」？
- ✓ 何時須用逗點？

記得前面提過複合句（Compound Sentence）嗎？它就是：

**主要子句**（獨立子句）**+, 連接詞 + 主要子句**（也是獨立子句）

一定要逗點

※ 記憶方法：兩個都是「主要子句」，旗鼓相當，「合」作無間，所以叫作
複「合」句。


現在又有一個類似的句型，它也是兩個子句，不過一個是主要子句，
另一個則是依附著它，不能自行獨立，這個不能獨立的句子就叫做「關係
子句」或「從屬子句」。


**主要子句 + 從屬子句**

不一定要逗點，我們等一下會討論清楚。


這種句子既有主人（主要子句），又有僕人（從屬子句），太複雜了，
所以不叫複合句，而是「複雜句」（Complex Sentence）。

名稱不重要，了解即可。我們這一章的目的是要讓讀者對於從屬子句
（也就是關係子句）瞭若指掌，並能正確使用。

既然是「關係」「子句」，就必然有兩個意義：

| **關係** | **子句** |
|---|---|
| 前文和後文必有關係 | 它是大句子中的一個小句子 |

因為文法是活的，所以我們不需要討論條文規範，而直接活用頭腦，會輕鬆許多。

## 🎓 複雜句（Complex Sentence）

| 原來是一個簡單句 | 加上一個子句，使這個句子更清楚 |
|---|---|
| 他是一個好人。<br>He is a good person. | 他常幫助人。<br>He often helps people. |

以上兩句變成 → He is a good person, <u>who often helps people</u>.

> ① 底線這部分就是「關係子句」。
> ② who 就是 <u>關係</u>[a]<u>代名詞</u>[b]。
>    a. 前後兩句因它而有關係。b. 代替前一句的 good person。
> ③ 關係子句（who often helps people）並不能獨立，而是依附著主要子句，所以也叫做從屬子句。

※ He 是主要子句的主詞，who 則是從屬子句的主詞；不同的主詞（前一句是 he，後一句是 who），關係子句前面要用逗點。

| 原來是一個簡單句 | 加上一個子句，使這個句子更清楚 |
|---|---|
| 我喜歡這個地方。<br>I like this place. | 這個地方很漂亮。<br>This place is beautiful. |

以上兩句變成 → I like this place, <u>which is beautiful</u>.

> ① 這就是「關係子句」。
> ② which 就是 <u>關係</u>[a]<u>代名詞</u>[b]。
>    a. 前後兩句因它而有關係。b. 代替前一句的 this place。
> ③ 不同的主詞（前一句是 I，後一句是 which），所以中間用逗點。

但是，如果關係子句不只使前句的句意更清楚，而且「限定了」前面那個主要子句的名詞，就絕對「不可以」加逗點！（口訣：「餡」不加「豆」沙！可採同音來幫助記憶）

| 原來是一個簡單句 | 加上一個子句，使這個句子更清楚 |
|---|---|
| 我不認識那些女孩。<br>I don't know those girls. | 她們正在跳舞。<br>They are dancing. |
| 以上兩句變成 → I don't know <u>those girls</u> <u>who are dancing</u>.<br><br>① who are dancing 這一整句就是「關係子句」。<br>② 這個關係子句形容前面的 those girls，所以它是「關係子句」做「形容詞」用。<br>③ 並非全世界的女孩都不認識，而限定了只是不認識這些跳舞的女孩。這種有「限定」功能的關係子句之前不可加逗點。 ||
| ※ 口訣：餡不加豆沙（「限定」不可加「逗點」）。 ||

我們來練習一下，先看看這是「限定的」還是「一般的」複雜句，然後立刻決定是否使用逗點。

| 原來是簡單句 | 加一個「關係子句」 |
|---|---|
| 我愛我的學生。<br>I love my students. | 他們很用功。<br>They work hard. |
| 利用關係代名詞，合成複雜句：        who 是關係代名詞<br><br>一般句：I love my students, <u>who work hard</u>.<br>　　　　　　　　　　↓ 關係子句<br><br>並沒限定我只愛用功的學生，「必須」用逗點來拉開。 ||

如果是限定句（我「只」愛用功的學生）：

I love my students <u>who work hard</u>.

↓ 關係子句

被限定了，所以不能用逗點。

※ 口訣：餡不加豆沙！

| 原來是簡單句 | 加一個「關係子句」 |
|---|---|
| 我將永遠記得那一天。<br>I will always remember the day. | 我們在那一天認識。<br>We met on that day. |

利用關係代名詞，合成複雜句：

因為不是每天都難忘，而只是「限定」了某一天：

I will always remember the day <u>when we met</u>.

↓ 關係子句

限定是「認識的那一天」，所以不可加逗點。

※ 口訣：餡不加豆沙！

在複雜句中，關係代名詞和介系詞也可以扯上關係。

**第一個例子**

| 第一個子句 | 第二個子句 |
| --- | --- |
| I remember your father. | I don't know much <u>about him</u>. |

① 用關係代名詞，使兩句話變為一句。

② him 是 about 的受詞，所以 whom 放在兩句之間。

I remember your father, <u>whom</u> I don't know much <u>about</u>.

① 並沒限定是「我不太認識的那位」，所以用逗點。

② 原來是 about him，但是 him 已經改為 whom，搬到前面、放在句子中央了。

③ 句尾的 about 離它的受詞 whom 太遠了。所以我們把 about 拉過來，和 whom 放在一起。

I remember your father, <u>about whom</u> I don't know much.

**第二個例子**

| 第一個子句 | 第二個子句 |
| --- | --- |
| I like ice cream. | I like chocolate the best <u>among all</u>. |

介系詞和關係代名詞一起搬到中央

※ like ... the best 最喜歡、love ... the most 最愛

I like ice cream, <u>among which</u> I like chocolate the best!

① 代表「物」，所以用 which。

② 但是如果代表人，就用 whom 做 among 的受詞。

| 第一個子句 | 第二個子句 |
|---|---|
| This is a new brand. | Many girls are interested <u>in it</u>. |

① 把 it 搬到中間。
② 代表「物品」，用 which 代替 it。

This is a new brand, <u>which</u> many girls are interested in.

① 介系詞 in 還留在句尾，太遠了。
② 所以可以連介系詞一起搬來。
③ 第一句是主要子句，第二句則只是隨口帶一下，完全沒有「限定」意味。

This is a new brand, <u>in which</u> many girls are interested.

# 文法一點通

**1.** 簡單句不用逗點。

例 My dad and your uncle are friends.

　　　這一句只有一個主詞,所以是簡單句

**2.** 複合句一定用逗點。

句型:主要子句 **+, 連接詞** + 主要子句(沒有從屬子句)

My dad likes cooking, and your uncle likes eating.

　　主要子句　　　　　　　　　　主要子句

　　(= 獨立子句)　　　　　　　　(= 獨立子句)

**3.** 複雜句不一定用逗點,視是否「限定」而定!

句型:主要子句 + 從屬子句

① 關係子句沒被限定時,須用逗點拉開。

② 被限定時,則不可用逗點。

　　口訣:「餡」不加「豆」沙!

　　　　　　主要子句　　　　　　　從屬子句

例 Do you like the pineapple which is in the plate?

你喜歡盤裏的鳳梨嗎?

(被限定是盤裡的鳳梨,不用逗點)

　　　　　　主要子句　　　　　　　　　從屬子句

例 Do you like the pineapple, which looks delicious?

你喜歡這個鳳梨嗎?看起來蠻好吃的。

　　① 這個從屬子句是隨口接上的,沒有「限定」的意味。
　　② 所以須用逗點拉開。

## ★ 本章文法用語

- 主要子句：main clause
- 關係子句：relative clause（也就是從屬子句 subordinate clause）
- 關係代名詞：relative pronoun
- 複合句（獨立子句＋獨立子句）：compound sentence
- 複雜句（一主＋一從）：complex sentence
- 限定：specific〔spɪ`sɪfɪk〕
- 沒限定：nonspecific

# 8

# 完成式

- ✓ 只要有「拋物線」，就是完成式
- ✓ 箭頭停在哪兒，就決定了時態

# ✅ 簡單式和完成式很容易區分

簡單現在式、簡單過去式、簡單未來式的動作所發生的時間都只在是一個「點」上而已，絕不拖泥帶水；而完成式卻是一個「拋物線」。我們看以下就更清楚了：

簡單式：

| 昨晚「看到」一隻貓 | 我「累」了 | 明天「要買」一隻狗 |

① saw a cat　　　② am tired　　　③ will buy a dog

① 「看」是發生在昨晚的一個時間「點」而已，用簡單過去式。
② 我在「現在」這個時間「點」累了，所以是簡單現在式。
③ 在明天某個時間「點」，所以用簡單未來式。

簡單式的三個時式很簡單，我們再看一下：

**現在式** 就是發生在現在的事，或是不變的真理。

例 **1.** 我通常早睡。

I sleep early.

現在的事

**2.** 中國人很友善。

Chinese <u>are</u> friendly.

↑

不變的真理

過去式 就是在過去所做的某件事。

例 **1.** 我昨晚早睡。

I <u>slept</u> early <u>last night</u>.

**2.** 我在台灣長大。

I <u>grew up</u> in Taiwan.

↑

現在已長大，所以用過去式。

未來式 就是純未來之事，和過去或現在都不相干。

例 **1.** 我今晚要早睡。

I <u>will sleep</u> early tonight.

↑

尚未發生，純屬未來。

**2.** 他們會很高興。

They <u>will be</u> happy.

↑

尚未發生，純屬未來。

**3.** 我以前這樣、現在這樣，未來還是這樣。

I <u>was</u>, I <u>am</u>, and I <u>will be</u>.

過去式　現在式　　　未來式

完成式又是如何呢？完成式「必定」是拋物線，箭頭停在哪裡，就是那個時態。

[ 現在完成式 ] 從「過去」到「現在」

**時間觀念**

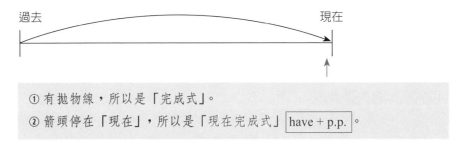

① 有拋物線，所以是「完成式」。
② 箭頭停在「現在」，所以是「現在完成式」 have + p.p. 。

例 我從 1999 年到現在，都住在台灣。

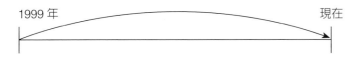

英文 I <u>have lived</u> in Taiwan <u>since</u> 1999.

自從

**過去完成式** 從**更久的過去**到**較近的過去**（例如：從前天到昨天）

### 時間觀念

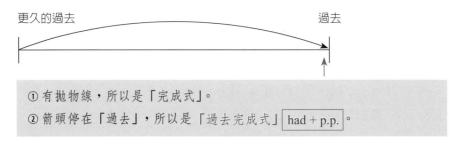

① 有拋物線，所以是「完成式」。
② 箭頭停在「過去」，所以是「過去完成式」 had + p.p. 。

例 我從 1999 年到 2001 年，都住在淡水。

英文 I had lived in Tamsui from 1999 to 2001.

過去完成式有個特殊之處，它除了表示一個拋物線之外，還有一個狀況即使沒有拋物線，也必須用到它：在過去的某個時間「之前」就發生了（也就是比過去更過去）。

例1 我認識你之前，就已經買了這輛車了。

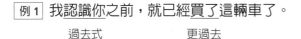

❶ 雖然買車只是一個動作（它不是拋物線，所以不是完成式）。

❷ 但是它是在「認識你」之前發生的事，也就是「比過去更過去」。

❸ 所以用過去式完成：had bought

英文 I <u>had bought</u> the car before I <u>met</u> you.


例2 我來學校以前，已經給他打了電話。

英文 I <u>had called</u> him before I <u>came</u> to school.


未來完成式

時間觀念

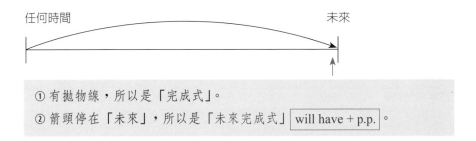

① 有拋物線，所以是「完成式」。

② 箭頭停在「未來」，所以是「未來完成式」 will have + p.p. 。

例 到明天，我就將寫完五篇作文了。

開始寫（任何時間）　　　　　　　　　　　　　　　　　明天

英文 I will have finished five articles by tomorrow.

by 常出現在未來完成式，表示「到⋯⋯之時為止」。

# 文法一點通

**1.** 只要有拋物線，就是完成式。

**2.** 拋物線的箭頭停在哪兒，就是那個時式。

**3.**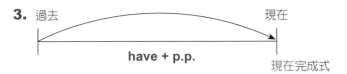

過去                                     現在

**have + p.p.**

現在完成式

**4.**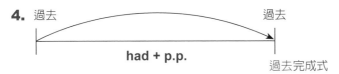

過去                                     過去

**had + p.p.**

過去完成式

※ 過去完成式尚有一功能：

    雖然不是拋物線，但是比「過去式」更過去的某一個動作，也必須用它。

**5.**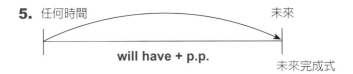

任何時間                                  未來

**will have + p.p.**

未來完成式

★ **本章文法用語**

- 拋物線：parabola [pə`ræbələ]
- 完成式：perfect tense
- 現在完成式：present perfect
- 過去完成式：past perfect
- 未來完成式：future perfect

# q

# 完成進行式

✓ 不過是一個簡單的加法罷了！

✓ 這個「進行式」有「強調」之意

顧名思義，完成進行式就是在<u>一段時間之內</u>，<u>一直在進行</u>。
（完成式）　　　（進行式）

## 現在完成進行式

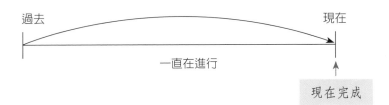

### 文法結構

時間放上面（現在完成）　have　p.p.
＋ 動作放下面（進行式）　　be　＋ V-ing

be 的 p.p. 是 been

**have　been　＋ V-ing**

例1 我一直在等你。

### 時間觀念

① 有拋物線，是完成式。

② 箭頭停在「現在」，是現在完成。

③「一直」在等，是進行式。

④ 加起來，就是「現在完成進行式」。

```
    have   ┌─────┐
           │ p.p.│
  +        │ be  │   waiting
           └─────┘
  ─────────────────────────────
    have   been   waiting
```

英文 I have been waiting for you.

例2 她一直在哭。

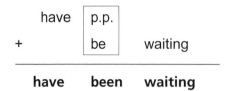

開始哭 ─────────────────── 現在

一直哭（動作一直在進行中）

文法結構

```
    have   ┌─────┐
           │ p.p.│
  +        │ be  │   crying
           └─────┘
  ─────────────────────────────
    have   been   crying
```

英文 She has been crying.

例3 我一直工作九年了。

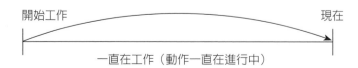

開始工作 ─────────────────── 現在

一直在工作（動作一直在進行中）

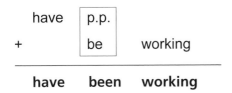

have | p.p.
+
be | working
_____

**have　been　working**

英文 I have been working for nine years.

如果要說出「拋物線」有多久，就必須用 for。

## 過去完成進行式

更久的過去　　　　　　　　　　　　　　過去

一直在進行

過去完成式

例 在你打電話以前，我一直在等你。

### 時間觀念

開始等　　　　you called（過去式）　　　now

① 有拋物線，是「完成式」。

② 箭頭停在 you called，是「過去完成式」。

③「一直」在等，是「進行式」。

④ 加起來，就是「過去完成進行式」

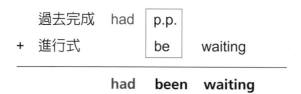

過去完成　had　p.p.

+　進行式　　be　waiting
_____

**had　been　waiting**

英文 I had been waiting for you before you called.

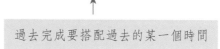

過去完成要搭配過去的某一個時間

## 未來完成進行式

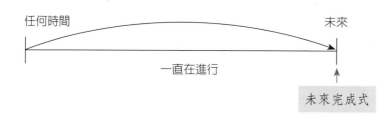

任何時間　　　　　　　　　　　　　　　　未來

一直在進行

未來完成式

例 **再十分鐘，我就已經不停地慢跑了四十分鐘。**

## 時間觀念

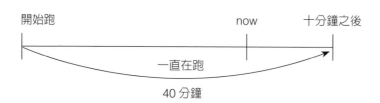

開始跑　　　　　　　　　　now　　　十分鐘之後

一直在跑

40 分鐘

① 有拋物線，是「完成式」。

② 拋物線停在「十分鐘之後」，是「未來完成式」，「一直」在跑，是「進行式」。

③ 加起來，就是「未來完成進行式」。

**文法結構**

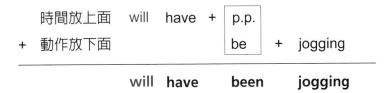

英文 I will have been jogging <u>for</u> 40 minutes <u>in</u> 10 minutes.

如果要説出「拋物線」有多久，就必須用 for。

未來完成式須有一個未來的時間做基準。

# 文法一點通

完成 進行式的加法：

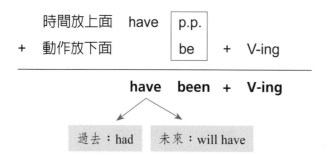

time 時間放上面　have │ p.p.
+　動作放下面　│ be │ + V-ing
────────────────────────────
have　been　+　V-ing

過去：had　　未來：will have

★ **本章文法用語**

- 完成進行式：perfect progressive tense
- 現在完成進行式：present perfect progressive tense
- 過去完成進行式：past perfect progressive tense
- 未來完成進行式：future perfect progressive tense
- 加法：addition [əˋdɪʃən]

# 10

# 完成式的被動語態

- ✓ 就這麼簡單：1 ＋ 1 ＝ 2
- ✓ 長相和「完成進行式」僅一字之差

前面提過，只要有拋物線，就是「完成式」。而在這一段拋物線中，如果動作是「被」……，就是 「完成被動式」。

現在完成被動式

時間觀念

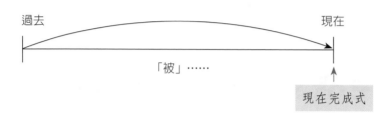

文法結構

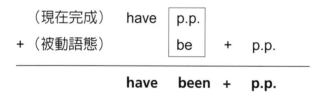

例 我已經**被罵**三次了。

時間觀念

① 箭頭停在「現在」，是「現在完成式」。
② 「被」罵，是「被動語態」。
③ 加起來，就是「現在完成被動」。

**文法結構**

| 時間放上面（現在完成） | have | p.p. | |
|---|---|---|---|
| + 動作放下面（被動語態） | | be | blamed |

**have　been　blamed**

英文 I <u>have been blamed</u> three times.

次數之前不加 for。

**過去完成被動式**

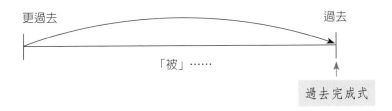

更過去　　　　　　　　　　　　　　　過去

「被」……

過去完成式

例 我在你來之前，已經被罵三次了。

**時間觀念**

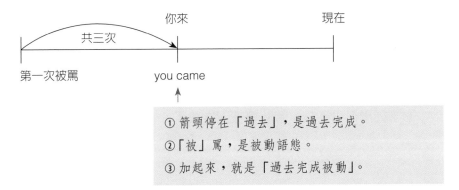

你來　　　　　　　　現在

共三次

第一次被罵　　　you came

① 箭頭停在「過去」，是過去完成。
②「被」罵，是被動語態。
③ 加起來，就是「過去完成被動」。

時間放上面（過去完成）　　had　| p.p. |
+　動作放下面（被動語態）　　　　| be | 　blamed

---

**had　　been　　blamed**

英文 I <u>had been blamed</u> three times <u>before you came</u>.

過去的時間

＊ 記得過去完成式有一個特殊功能，就是即使不是拋物線，但如果一個動
作「比過去的時間還過去」，也用「過去完成」來表達嗎？這裡也一樣，
比過去式還過去＋「被」……，即使沒有拋物線（拋物線表示一段時間），
而只是一個普通的動作，也用過去完成被動。

例 我在這個人出現之前，就已經夢到他了。

I <u>had dreamed</u> of him before <u>he appeared</u>.

過去式

## 未來完成被動式

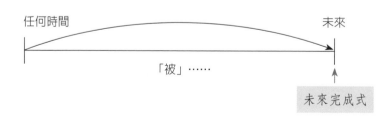

任何時間　　　　　　　　　　　　　　　　未來

「被」……

未來完成式

例 如果你再不來，我就會被罵六次了。

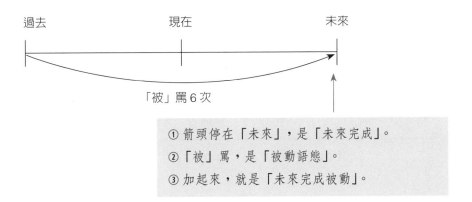

過去　　　　　　　　現在　　　　　　　　未來

「被」罵 6 次

① 箭頭停在「未來」，是「未來完成」。
② 「被」罵，是「被動語態」。
③ 加起來，就是「未來完成被動」。

文法結構

　　時間放上面（未來完成）　　will　have　│ p.p.
＋　動作放下面（被動語態）　　　　　　　│ be │ blamed

**will have been blamed**

英文 I <u>will have been blamed</u> six times <u>if you don't come</u>
<u>now</u>.

if、when、unless 子句用現在式代替未來

# 文法一點通

完成式被動語態（perfect passive）的加法：

時間放上面　　have　p.p.

+　動作放下面　　be　　+　p.p.

---

**have　been　+　p.p.**

過去：had　　未來：will have

※ 和完成進行式只有一字之差。

完成進行式 have been + V-ing

 一字之差

完成被動式 have been + p.p.

# 11

# 「直接問句」和「間接問句」

- ✓ 一眼就可分辨出來
- ✓ 間接問句不是真問句

※ 動詞的時態中還有一個十分重
　要、卻常令人頭痛的「假設語
　氣」。為了不讓讀者被時態擾得
　精神疲乏，我們留到後面再討
　論。不過，先預告一下：假設
　語氣一點都不難！

# ✓ 直接問句就是問話，間接問句則不是問話

這是經常出錯的文法之一。其實，間接問句的觀念非常簡單：

❶ 內容像是問句。

❷ 卻不能獨立，而是一句話中的主詞或受詞（既是主詞或受詞，又是句子，它當然就是名詞子句）。

❸ 既然不是真正的問句，就不可用 Does he ...?、Are you ...?、What is ...? ……等問句形式，而是用肯定句的語序。

---

**例 1** **你是誰**？

> ① 這是可以獨立的問句。
> ② 所以是真正的問句。
> ③ 就叫做「直接問句」。

英文 Who are you?

---

**比較** **我 不知道 你是誰**。

主詞　動詞　　受詞

> ① 這個問句並不獨立，而是「知道」的受詞。
> ② 所以是間接問句，而非真正的問句。
> ③ 既是間接問句，主詞和動詞就用肯定句的順序，不是 are you、而是 you are。

英文 I don't know  who you are.

　　　主詞　　動詞　　　　間接問句

**例2** 你要去哪裡？

↑

① 這是可以獨立的問句。
② 所以是真正的問句。
③ 就叫做「直接問句」。

**英文** Where are you going?

**比較** 請告訴我你要去哪裡。

↑

① 這個問句並不獨立，而是「告訴」的受詞。
② 所以是間接問句。
③ 既是間接問句，就不是真正的問句，主詞和動詞就用肯定句的順序。

**英文** Please  tell  me  where you are going.

動詞 受詞　　　是 tell 的受詞

**例3** 你們有沒有問題？

↑

① 這是可以獨立的問句。
② 所以是直接問句。

**英文** Do you have questions?

to me 放在最後面

↓

**比較** 你們有沒有問題，對我很重要。

↑ 主詞

> ① 這個不是獨立問句。
> ② 所以是間接問句。
> ③ 因此主詞和動詞用肯定句的順序：do you have 改為 you have。

**英文** If/Whether you have questions or not  is

主詞　　　　　　　　　　　　　動詞

important to me.

我們再練熟一點：① 是直接問句　② 是間接問句。

## Part 1

**1.** ① 你是誰？

Who are you?

② 我不知道你是誰。

(who you are)

**2.** ① 現在幾點了？

What time is it?

② 你可以告訴我現在幾點了嗎？

(what time it is)

**3.** ① 我們應該去哪裡？

Where <u>should we go</u>?

② 沒人知道我們應該去哪裡。

(where <u>we should go</u>)

**4.** ① 你有什麼問題？

What's <u>your question</u>?

② 我不確定你有什麼問題。

(what <u>your question is</u>)

**5.** ① 你什麼時候認識他的？

When <u>did you meet</u> him?

② 你記得你什麼時候認識他的嗎？

(when <u>you met</u> him)

---

### Part 2

表達「是與否」的「間接問句」，須加 if 或 whether。

**1.** ① 你快樂嗎？

Are you happy?

② 我想知道你是否快樂。

(<u>if</u> you are happy)

**2.** ① 你喜歡英文嗎？

Do you like English?

② 我不知道<u>你喜不喜歡英文</u>。

(<u>if</u> you like English)

**3.** ① 你喜歡 **Billy** 還是 **Steve?**

Do you like Billy or Steve?

② <u>你喜歡 **Billy** 還是 **Steve**</u> 不關我的事。

(<u>whether</u> you like Billy <u>or</u> Steve)

**4.** ① 你是中國人嗎？

Are you Chinese?

② 我不確定<u>你是否是中國人</u>。

(<u>if</u> you are Chinese <u>or not</u>)

**5.** ① 他真的成功了嗎？

Is he really successful?

② 我不介意<u>他是否真的成功了</u>。

(<u>if</u> he is really successful)

**Part 3**

現學現用，請寫出下列句子的英文。

**1.** 告訴我你在哪裡。

_____

**2.** 你們有沒有問題？

_____

**3.** 我的父母不在乎我讀不讀書。

_____

**4.** 我們不知道我們在什麼地方。

_____

**5.** 我看不出你是笑還是哭。

_____

**答案**

**1. Tell me where you are.**
　　　　　間接問句

**2. Do you have questions?**
　　　　直接問句

**3. My parents don't care if I study.**
　　　　　　　　間接問句

**4. We don't know where we are.**
　　　　　　間接問句

**5. I can't tell if you are laughing or crying.**
　　　　　　間接問句

 **文法一點通**

直接問句：

**1.** 本身就是一個問句。

**2.** 所以要用問號：

Do you ...?

How is ...?

Will I ...?

Has she ...?

Is it ...?

間接問句：

**1.** 它看起來是問句，卻不能獨立，而是一個句子中的「主詞」或「受詞」。

**2.** 既然不是真的問句，它的主詞和動詞完全採用肯定句的形式。

★ 本章文法用語

● 直接問句：direct question

● 間接問句：indirect question

● 肯定句：affirmative [ə`fɜmətɪv] sentence

● 疑問句：interrogative [ˌɪntə`rɑgətɪv] sentence

# 假設語氣

- ✓ 三態分明、十分簡單
- ✓ 假設語氣的動詞：退一步，海闊天空！

許多讀者被假設語氣弄得糊里糊塗的。其實，假設語氣非常有規律，而且單純，我們只要稍加學習，就可以完全掌握它。

首先，假設語氣有兩個特色，缺一不可：

❶ 必定是「不可能」、「不存在」之事。

❷ 動詞往「過去」退一步。

也就是說：

→ 現在的假設，用過去式。

→ 過去的假設，用過去完成式（had + p.p.）。

→ 未來的假設：按邏輯的角度來說，「未來」豈有「絕非可能」之事？所以並沒有真正的未來假設。只是口氣上加上一個「居然」，也就是英文的 should 或 were to 即可。

- should ... + will ...
- were to ... + would ...

**1 我們現在立刻區別現在假設語氣和一般語氣。**

> 文法觀念：我並沒有錢，所以必是假設語氣。

 如果我<u>有錢</u>，我<u>就會買</u>。（實情：我沒錢）

      ①      ②

① 原來是 have → had，假設語氣往過去退一步。

② 原來是 will buy → would buy，因為是假設語氣，所以往過去退一步。

英文 If I <u>had</u> money, I <u>would</u> buy it.

我去看看我的存摺。如果我有錢，我就會買。

① have will buy

（實情：還不知道有沒有錢）

↓ ②

① 一般未來式 will go check。

② 文法觀念：a) 既然並非「絕不可能」，就不是假設語氣了。

　　　　　　b) 所以這一句就用一般的動詞。

英文 I'll go check my passbook. If I have money, I'll buy it.

**2** 我們接著區別過去假設語氣和一般的過去式：

例 我希望你昨天來了。（實情：你沒來）

① ② ③

↓ ↓ ↓

① a) 如果所希望的是不可能之事，通常用 wish。

　 b) 所以這裡用 wish。

② a)「昨天」本來是過去式，用 came。

　 b) 但是這是假設語氣，須往「過去」挪一步。

　 c) 比過去還過去，就是過去完成：had come。

③ 文法觀念：a) 既然沒來，就是「假設語氣」。b) 動詞須往「過去」退一步。

英文 I wish you had come yesterday.

 我希望你昨天來了。（實情：但是我並不知道你來了沒。）

①　　　　②　　　　　　　③
↓　　　　↓　　　　　　　↓

① a)「希望」不可能的事，用 wish。

b) 一般的「希望」用 hope。

c) 所以這裡用 hope。

② a) 因為這不是假設語氣，所以用一般時態即可。

b) 昨天是過去式，用 came。

③ 文法觀念：a) 既非「絕不可能」，就不是假設語氣。b) 用一般時態即可。

英文 I hope you came yesterday.

**3** 我們現在區別未來假設語氣和一般的未來式。

例 1 如果太陽從西邊升起，我就嫁給你。

① a) 以邏輯上來說，未來沒什麼是不可能的，所以「所謂」的未來假設，其實並不是真的假設語氣。

b) 但是，依常識判斷，這件事發生的機率太小了。

c) 加一個 should 或 were to，表示「居然」即可。

② 前面用 should，這個子句則用未來式 will。

英文 If the sun should rise from the west, I will marry you.

比較

If the sun <u>were to</u> rise from the west, I <u>would</u> marry you.

未來假設　　　　　　　前面用 were to，這裡就用 would

另例

If you <u>were to</u> lie to me, I <u>wouldn't</u> forgive you.

未來假設　　前面用 were to，就必須搭配 would

**例 2** **如果你騙我，我就不原諒你。**（實情：你絕不敢騙我）

① ② ③

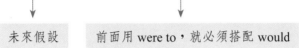

① should lie to me，加一個 should，表示「居然」之意。
② a) should 搭配 will。
　 b) 所以是 won't forgive。
③ 文法觀念：既然你絕不會騙我，這一句就用假設語氣。

**英文** If you <u>should</u> lie to me, I <u>won't forgive</u> you.

**比較** **如果你騙我，我就不原諒你。**（實情：你有可能騙我）

① ② ③

① lie to me
② won't forgive
③ 文法觀念：既然「有可能」，就不是假設語氣了。

英文 If you lie to me, I won't forgive you.
　　一般時態　　　　　一般時態

例3 如果明天下雨，我就會氣瘋了！（實情；氣象預報已確知明天不會下雨）

If it were to rain tomorrow, I would go crazy!

未來假設　　　　　　　were to 搭配 would

比較

If it should rain tomorrow, I will go crazy.

未來假設　　　　　　　should 搭配 will

# 文法一點通

假設語氣的特色：

**1.** 必為「不可能」之事。

**2.** 它的動詞喜歡開倒車。

現在假設：用過去式。

過去假設：用過去完成。

未來假設動詞前面加 should 或 were to。

→ should 搭配 will

→ were to 搭配 would

★ 本章文法用語

● 假設語氣：subjunctive mood

● 現在假設語氣：present subjunctive mood

● 過去假設語氣：past subjunctive mood

● 未來假設語氣：future subjunctive mood

# 13

# 助動詞的假設語氣

- ✓ 助動詞喜歡「借」
- ✓ 助動詞的時態很簡單

前一章提到，假設語氣的動詞須往過去退一步。所以，現在假設用「過去式」，過去假設則用「過去完成」，未來假設則用 should 或 were to。

我們都知道，「過去完成」是 **had + 動詞的 p.p.**，但是助動詞卻沒有 p.p.，那要如何表達它的過去假設呢？

我們用以下方法，就可輕鬆解決這個問題：

例 1

先看現在假設

**我如果認識他，現在就會打電話給他。**（這是「現在」假設，所以用過去式）
↓        ↓

knew      will call 改為 would call

英文 If I <u>knew</u> him, I <u>would call</u> him now.

我們把時態往過去退一步看看：

**我如果早認識他，就會打電話給他了。**
①      ②
↓      ↓

① a)「早」表示「過去之事」所以全句是過去假設。
    b) 過去假設是 had p.p.，所以是 had known
② a) 過去假設須用過去完成（had + p.p.）。
    b) 但是助動詞 will 沒有 p.p.，不能改成 had p.p.。
    c) 口訣：助動詞喜歡「借」。
    d) 只要在「過去式」的助動詞後面「借」「現在完成式」，就可代替了。
    e) 所以這部分是 would have called。
    f) 以上就是助動詞的過去假設語氣。

英文 If I had known him earlier, I would have called him.
　　　　　①　　　　　　　　　　　　　　　　②
　　　　　↓　　　　　　　　　　　　　　　　↓

　① a) 過去假設。
　　 b) 所以是 had + p.p.。
　② a) 這是助動詞 would 借來的。
　　 b)「would + 現在完成」就成了 would 的「過去假設」。

**例 2**

**他剛才　可以救你　，　你知道嗎？**（實情：但是並沒救）
　①　　　　②　　　　　　　③
　↓　　　　↓　　　　　　　↓
　　　 could have saved　 know
　↓　　　　↓　　　　　　　↓

　① 既是「剛才」，就是「過去假設」。
　② a) 既是過去假設，就用 had + p.p.。
　　 b) 但是 can 是助動詞，無法形成過去完成。
　　 c) 所以 could 後面「借」現在完成式，就代替了過去完成。
　③ 這指「現在」的狀況，用一般現在式即可。

英文 He could have saved you. You know that?
　　　　　　　　　↓

　　這是助動詞 could 借來的，也就是 could 的「過去假設」。

# 文法一點通

假設語氣的文法如下：

● 一般動詞的假設語氣

| 三個時段 | 現在假設 | 過去假設 | 未來假設 |
|---|---|---|---|
| 用什麼時態 | 過去式 | 過去完成 | 加 should 或 were to |

● 助動詞的假設語氣

| 助動詞 | 現在假設 | 過去假設 | 未來假設 |
|---|---|---|---|
| can | could | could + 現在完成 | x |
| may | might | might + 現在完成 | x |
| shall | should | should + 現在完成 | x |
| will | would | would + 現在完成 | x |

↑
不用管它

● 再次強調

助動詞（auxiliary verb）沒有 p.p.，無法形成過去完成式表達過去假設，但它喜歡「借」，所以它的過去假設語氣必須「借」現在完成式。

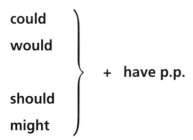

**could**
**would**
**should**
**might**

**+ have p.p.**

# 14

# 分　詞

- ✓ 現在分詞主動活潑
- ✓ 過去分詞被動消極
- ✓ 「分詞片語」很管用

分詞是小兵立大功。它雖然短短的一個字，卻不但可以形容單字，甚至可以形容句子，而且力道十足呢！

　　我們都知道，分詞有兩種，一種是現在分詞，一種是過去分詞。它們都具「形容」的功能，但是稍有不同：

**現在分詞：永遠是「主動」的形容詞，所以很活躍。**

**過去分詞：永遠是「被動」的形容詞，所以很消極。**

　　我們來看例子：

**1.** Sleeping　Beauty（「睡美人」）

> 「睡覺」是主動，所以用現在分詞。

**2.** a singing　dog（一隻會唱歌的狗）

> 「唱歌」是主動，所以用現在分詞。

**3.** working　people（工作中的人們）

> 「工作」是主動，所以用現在分詞。

比較

**1.** a broken　heart（一顆破碎的心）

> 心不是自己碎的，而是「被打碎」，所以用過去分詞。

**2.** a <u>sold</u>  <u>house</u>（一棟賣掉的房子）

> 房子不是自己賣，而是「被賣」，所以用過去分詞。

**3.** a <u>challenged</u>  <u>rule</u>（一個被挑戰的規則）

> 規則不是自己來挑戰，而是「被挑戰」，所以用過去分詞。

　　小小的分詞真能形容句子嗎？原來，分詞可以帶著一整個片語，來修飾一個句子。當然，「現在分詞片語」是主動的意味，而「過去分詞片語」是被動的意味。值得注意的是，無論是「現在分詞片語」或「過去分詞片語」，它都必須和它們所修飾句子同一個主詞。

　　我們看例子，就可以完全了解「分詞片語」的功能。

## 🎓 現在分詞片語

**例 1**　**她不斷地打電話給我，問我的意見。**

修飾

> ①「問」是主動，所以用「現在分詞」：asking。
> ② asking 所帶領的片語修飾前面的句子，使句子更清楚。
> ③ 主詞都是 she。

英文 She keeps calling me, asking for my opinion.

句子　　　　　　　　　　　　分詞片語

修飾

※ 和「過去分詞片語」比較

<u>被問及私事</u>，<u>她顯得很不高興</u>。
　　　　修飾

> ①「被問」是被動，所以用過去分詞 asked。
> ② asked 所帶領的片語，修飾後面那個句子。
> ③ 主詞都是 she。

英文 <u>Asked about her privacy</u>, <u>she appears upset</u>.
　　　　分詞片語　　　　　　　　句子

例 2 <u>我給他留了話</u>，<u>期望他能原諒我</u>。
　　　　　　　　　修飾

> ①「期望」是主動，所以用 expecting。
> ② expecting 所帶領的片語修飾前面的句子。
> ③ 主詞都是「我」。

英文 <u>I left him a message</u>, <u>expecting him to forgive me</u>.
　　　　句子　　　　　　　　　　分詞片語

※ 和「過去分詞」比較

<u>被期盼要養家活口</u>，<u>他努力地工作</u>。
　　　　修飾

> ①「被期盼」是被動，所以用過去分詞。
> ② expected 所帶領的片語修飾句子，使句子更清楚。
> ③ 主詞都是 he。

英文 Expected to feed the whole family, <u>he works hard</u>.
　　　　　　分詞片語　　　　　　　　　　　　　　句子

我們現在更進一步，讓分詞片語來搭配時式，文法就更棒了。

例1 住在一起，他們很快樂。

> 文法觀念：① 這是「現在式」。
> ② 「住」是主動的，可以用現在分詞 living。
> ③ 主詞都是 they。

英文 Living together, <u>they are happy</u>.
　　　分詞片語　　　　　　　句子

※ 改點時式吧：

一起住了兩年，他們蠻習慣彼此的。

> 文法觀念：① 這不只是現在式，而是「現在完成式」have + p.p.。
> ② 「住」是主動的，所以把 have 改為 having。
> ③ 主詞都是 they。

英文 Having lived together for two years, <u>they are quite</u>
　　　　　　分詞片語　　　　　　　　　　　　　　句子

<u>used to each other</u>.
> ① 數字 1-9 要拼出來，而不是用阿拉伯數字。
> ② 若在句首，則一律拼寫英文。

 （我）工作了三小時，我要休息一下。

> 文法觀念：
> ① 不是「現在」工作，而是「從過去到現在」，是現在完成式：
>   have + p.p.。
> ②「工作」是主動的，所以用現在分詞，也就是把 have 改為
>   having。
> ③ 主詞都是 I。

英文 <u>Having worked for three hours</u>, <u>I need a rest</u>.
          分詞片語                   句子

 能夠和你去，我感到好開心。

> ① Can 不是動詞，所以沒有分詞，怎麼辦？
> ② can = be able to，而 be 是動詞。
> ③「能夠」是主動。所以用「現在分詞」，把 be 改為 being 即可。
> ④ 主詞都是 I。

英文 <u>Being able to go with you</u>, <u>I feel so happy</u>.
          分詞片語                句子

※ 我們把它和「現在完成」搭配：

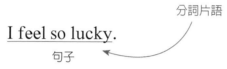

能夠和你共事三年，我覺得很幸運。

文法觀念：

① 因為 can 不是動詞，所以它沒有分詞，我們把 can 改為 be able to。

②「能夠」是主動，所以用 V-ing。

③ 共事三年是一段時間，所以用「完成式」have + p.p.，也就是 have <u>been able to</u>。

④ 把 have 改為 having，所以這裡用 <u>having been able to</u>。

⑤ 主詞都是 I。

英文 Having been able to work with you for three years,

分詞片語

I feel so lucky.

句子

## 常犯的錯誤

再一次提醒各位讀者，分詞片語和它所修飾的句子的主詞，一定要相同，否則不能使用分詞。

例1 <u>Seeing this beautiful girl</u>, <u>his heart thumps</u>.

這個主詞是 he　　　　　這個主詞是 his heart

主詞不同，文法錯了！☹

例2 <u>Buying too many clothes</u>, <u>her closet is full</u>.

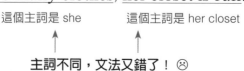

這個主詞是 she　　　　　這個主詞是 her closet

主詞不同，文法又錯了！☹

**例3** （我）在台北工作，我的鼻孔常是黑的。

> 鼻孔要用複數。但是如果指一個鼻孔，則用單數即可。
> 例：My right nostril hurts!

↓

英文 Working in Taipei, my nostrils are often dirty.

這個主詞是 I　　　　　　　　　這個主詞是 my nostrils

↑　　　　　　　　　　↑

**主詞不同，文法又錯了！** ☹

## 🎓 On + 分詞片語

如果分詞片語前面用介系詞 on，意思就不同了。它表示「一……，就……」。

**例 1** On hearing the news, she fainted.

　　　　介系詞片語　　　　　　句子

中文 她「一」聽到這個消息，「就」昏倒了。

**例 2** On thinking of him, she smiled.

　　　　介系詞片語　　　　　句子

中文 她「一」想到他，「就」笑了。

## 🎓 現在分詞和動名詞長得一樣

提醒一下，動名詞和現在分詞雖然長得一模一樣。不過：

❶ 動「名詞」是屬於「名詞家族」，做主詞和受詞之用。

❷ 分詞則做形容詞用。

例 1　<u>Singing</u> is fun. 唱歌很好玩。

　　　　主詞

（所以這是動名詞）

<u>Singing all the time, she is quite noisy.</u>

她整天唱歌，吵死人了。

　　　　　　分詞片語　　　　　　　句子

（所以這個 singing 是分詞）

例 2　<u>Sleeping late</u> is a bad habit. 晚睡是壞習慣。

　　　　主詞

（所以這個是動名詞）

<u>Often sleeping late, she looks tired.</u>

她常晚睡，所以看起來很疲勞。

　　　　　　分詞片語　　　　　句子

（這個 sleeping 是分詞）

# 文法一點通

**1.** 主動的用「現在分詞」

**2.** 被動的用「過去分詞」

**3.** On + V-ing 表示「一……，就……」

★ **本章文法用語**

- 分詞：participle [ˋpɑrtəsəp!]
- 現在分詞：present participle
- 過去分詞：past participle
- 主動的：active
- 被動的：passive
- 分詞片語：participial [ˌpɑrtəˋsɪpɪəl] phrase

# 分詞還有其他妙用

- ✓ **Be being** 真活潑
- ✓ 「現在進行被動」？唬不了人！

## 🎓 分詞還有一個用法

就是 be 動詞再加 being，請看以下：

**例 1** 你很好心。

You <u>are</u> so kind.（平常就好心）

改為進行式，只強調「正在做的那件事」。

你這樣做，很好心

You <u>are being</u> kind.

例如，幫一個人的忙。

**例 2** 你好懶。

You <u>are</u> lazy.（平常就懶）

改為進行式，只強調「正在進行的事」。

你這樣做，很懶！

You <u>are being</u> lazy.

例如，不去幫我跑腿，或不去讀書。

例 3　你很自私。

You are selfish.（平常就有自私的心態）

改為進行式，只強調「正在做的那件事」。

你這樣做，很自私。

You are being selfish.

例如，不願意為他著想。

## 🎓 有沒有看過現在分詞 + 過去分詞？這在文法上很重要喔！

我們先從文法觀念來看：

例 1　他正在 被打。

時間放上面（正在進行）　be　| V-ing |
+ 動作放下面（被打）　　　　| be |　hit

**be　being　hit**

所以，英文是：He is being hit!

如果把 is 改為 was，就是「過去」進行被動了。

He was being hit when I saw him.

過去進行被動　　過去進行式必有過去的時間

148

**例2** 車子<u>正在</u> <u>被洗</u>。

進行式　　被動

所以，英文是：

The car <u>is being washed</u>.

如果把 is 改為 was，就是過去的進行被動了。

<u>The car was being washed</u> <u>when I went there</u>.
過去進行被動　　　　　過去進行式必有過去的時間

當然，如果把 be 動詞改為 will be，
就是「未來」進行被動了。

<u>The car will be being washed</u> <u>at 10:00 tomorrow morning</u>.
未來進行 + 被動　　　　　　　未來進行，必有未來的時間。

綜合以上，being + 形容詞（例：You are being critical.）或 being + p.p.（例：This is being fixed.）都叫做「複合形容詞」！

# 文法一點通

**複合形容詞：**

**1.** 把 being 加在 be 和形容詞之間，強調「當下」。

$$be + being + adj.$$

強調只在談論的這一件事上。

**2.** 進行被動語態

（時間：正在進行中） be  ┌─────┐
                        │ V-ing │
+ （動作：被動）        │ be   │   p.p.
                        └─────┘

**be**　　　**being**　　**p.p.**

| was | will be |
|-----|---------|
| were | （未來） |
| （過去） | |

# 「現在完成式」最大方

- ✓ 借給助動詞
- ✓ 也借給不定詞
- ✓ 還借給介系詞

現在完成式真的很大方，它常借給別人使用。首先，助動詞就常需要它。我們先複習一下助動詞的意義：顧名思義，「助」動詞就是「輔助」動詞，使動詞的意義更明顯。

例如

**1.** I dance. $\xrightarrow[\text{助動詞}]{\text{加一個}}$ I <u>can't</u> dance.

　　　　　　　　　　　　　　　輔助 dance

**2.** I know. $\xrightarrow[\text{助動詞}]{\text{加一個}}$ I <u>do't</u> know.

　　　　　　　　　　　　　　　輔助 know

**3.** She <u>can</u> come. $\xrightarrow{\text{助動詞變一下}}$ She <u>can't</u> come.

**4.** I am happy. $\xrightarrow{\text{助動詞變一下}}$ I <u>should</u> be happy.

記得在「假設語氣」那一章，我們提到，助動詞喜歡「借」現在完成式，來顯示它更過去一步的意味嗎？我們也先稍加複習一下：

現在式　　　　　　　過去式　　　　　　　再過去，就必須借了

I <u>can</u> come. → I <u>could</u> come. → I <u>could</u> <u>have</u> <u>come</u>.

　　　　　　　　　　　　　　　　　　　　借「現在完成式」

　　　　　　　　　　　　　　　　　　　　我本來可以來。

　　　　　　　　　　　　　　　　　　　　（但是沒來，所以是假設語氣）

時式真簡單，因為，不只用於假設語氣，任何無法再往「過去」改變的地方，後面只要「借」現在完成式，就表示更過去的意味了。

## 🎓 借給助動詞

例1 **你應該見他。**
（現在式）

You **should see** him.

↓　時間往過去挪

**你昨天應該見過他了。**
（過去式）

↓　should 是助動詞，為了表示更過去，就「借」現在完成式。

You **should** have seen him yesterday.

例2 **你一定生氣了。**
（現在式）

You **must be** angry.

↓　時間往過去挪

**你昨天一定生氣了。**
（過去式）

↓　must 是助動詞，所以後面「借」現在完成式，表示過去了。

You **must** have been angry yesterday.

**例 3** 他或許生病了。

(現在式)

He **might be** sick.

↓ 時間往過去挪

他昨天也許病了。

(過去式)

↓ might 是助動詞，所以「借」現在完成式。

He **might** have been sick yesterday.

## 🎓 借給不定詞 to

其實，現在完成式不但可以借給助動詞，用以表達助動詞更過去的意味，它還大方地借給不定詞 to，也表達過去式。

**例 1** 我很高興認識你。(情況：現在認識。)

I'm glad to **meet** you.

↓ 時間往過去挪

我很高興認識了你。(情況：不是現在才認識的。可能認識好多年，也可能五分鐘以前才認識。)

↓

I'm glad to have met you.

(現在完成式)

**例 2** 對不起，我傷害你了。（情況：已經傷害過了，所以是過去式。）

I'm sorry to <u>have hurt</u> you.

（現在完成式）

**例 3** 我很高興嫁給你。（情況：已嫁，所以是過去式）

I'm happy to <u>have married</u> you!

（現在完成式）

## 🎓 借給介系詞

「現在完成式」甚至借給介系詞。因為介系詞之後的動詞，必須用 V-ing，所以即使是過去的意思，也不能接過去式，怎麼辦呢？當然，介系詞也借用了「現在完成式」來表達過去之意。

**例 1** 現在：謝謝妳嫁給我。（尚未結婚，例如在求婚或結婚之時）

Thank you <u>for</u> <u>marrying</u> me.

　　　　1. 介系詞。

　　　　2. 所以後面用 V-ing。

　↓　往過去挪一步

**例 2** 過去：謝謝妳嫁給了我。
（已結婚，例如結婚紀念日時所說的甜言蜜語）

Thank you <u>for</u> <u>having married</u> me.

↑　借「現在完成式」，表達過去（已發生）之意。

## 🎓 其他情況

讀者應該都已知道，有些動詞後面如果要加另一個動詞，不用不定詞 to，而習慣用 V-ing，既然用 V-ing 就無法形成過去式。它們也都去借「現在完成式」表示「過去」的意味，最常見的是 repeat、enjoy。

**例 1** 我很高興和你合作。（情況：「現在」共事）

I really **enjoy cooperating** with you.

　　　↓ 時間往過去挪

我很高興這次能和你合作。（情況：案子已結束，合作結束）

I really enjoy <u>having cooperated</u> with you.

**例 2** 我後悔告訴了你。（情況：已告訴）

本來應該這麼寫

I regret **to have told** you.

　　　↓ 習慣上，regret 後面用 V-ing 而不用 to

I regret <u>having told</u> you. ← 我很後悔告訴了你。

# 文法一點通

1. 助動詞不像一般動詞有 p.p. 可以形成「過去完成式」，所以它只能到過去式，就無法再更過去了。幸好，它可以借「現在完成式」。

   所以：

| | 現在 | 往過去挪一步 | 過去 | 再往過去挪一步 | 再過去 |
|---|---|---|---|---|---|
| （助動詞） | can | ⟶ | could | ⟶ | could + have p.p. |
| （一般動詞則是） | run | | ran | | had run |

2. 不定詞（to ...）和分詞（V-ing）本身連過去式都沒有，所以它們也只能借用「現在完成式」成為它們的過去式。

   以下都是過去式的意味：

   I'm sorry **to have hurt** you.

   I regret **having hurt** you.

   I enjoy **having eaten** this big meal tonight!

# Must 有兩種過去式：

- ✓ 表示「必須」
- ✓ 表示「一定」

Must 有兩個意思。一個是「必須」，一個是「一定」，兩個時態的表達方式不同：

❶ **must 必須 = have to**（have 是動詞，所以有過去式 had to，也有未來式 will have to）

❷ **must 一定**（它是助動詞，所以須借用「現在完成式」來表示過去之意）

記憶口訣：「一定」「借」！
↑

所以，must 意指「一定」時，過去式要借「現在完成式」

我們先看 must 的現在式：

must 的兩個用法，在現在式時毫無差異。

**例 1**　你一定是餓了。

You **must be** hungry.

**例 2**　你必須是學生才能進去。

You **must be** a student in order to enter.

接下來，我們來看 must 的過去式：

必須 = have to ——過去式——→ had to

一定 ——過去式須借「現在完成式」——→ must + have + p.p.

 **你一定傷透了心。**

You **must be** broken-hearted.

過去式

> ① 口訣：「一定」「借」。所以這個 must 的過去式就
>   借 have + p.p.
> ② be 的完成式是 have been
> ③ 變成 must have been

You **must have been** broken hearted!

你「當時」一定傷透了心！

（「當時」是過去式）

 **我必須走。**

I **have to** go.

> 如果要改為過去式，把 have to 改為 had to 即可。

I **had to** go.

我「當時」必須去。

## 文法一點通

**Must 有兩個用法：**

**1.**「一定」：因為是助動詞，所以過去式就借用「現在完成式」。

　　口訣：「一定」「借」

**2.**「必須」：因為 = have to，所以過去式就是 had to。

# 18

# 使役動詞：「使」人服「役」

- ✓ 主動：使……「去做」……
- ✓ 被動：使……「被」……

事情不可能全由自己做，有時候得請人家做，例如請人剪髮、請人洗車、請人送花、請人跑腿……等等。這時候，使役動詞就出現了。

　　使役動詞非常簡單，它的長相有兩種，請看以下：

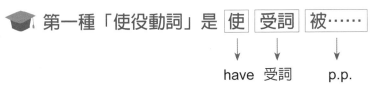

第一種「使役動詞」是 使 受詞 被……

have 受詞 p.p.

（※ 如果拿掉受詞，就是 have＋p.p.，和「現在完成式」一模一樣了。）

例 1 **我要去洗車。**（請別人洗）

I will 使 我的車 被洗。

have 受詞 p.p.

my car washed

英文 I will have **my car** washed.

※ 比較：我要去洗車。（自己洗）

I will wash my car.

例 2 **我明天要漆房子。**（請人來油漆）

英文 I will <u>have</u> **my house** painted tomorrow.

※ 比較：我明天要漆房子。(自己漆)

I will <u>paint my house</u> tomorrow.

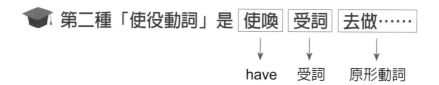

例1 我會叫他洗車。

英文 I will <u>have</u> **him** <u>wash</u> the car.

**例 2** 誰要他這麼做的？（已經做了）

Who 使　　他　這麼做？
↓　　　↓　　　↓
had　受詞　原形動詞
　　　　↓　　　↓
　　　him　do this

① 因為已經做了。
② 所以用 have 的過去式。

英文 Who <u>had</u> **him** <u>do</u> **this**?

　　在使役動詞中，have（使）可以依照語意和口氣來更換為其他字，最常見的是 get（叫）、want（要）、keep（保持）。

例如

**1.** 我會　叫　他　做！
　　　 get　受詞　原形動詞
　　　 ↓　　↓　　↓
I will <u>get</u> **him** <u>do</u> it

**2.** 我　要　那個人　馬上　被關！

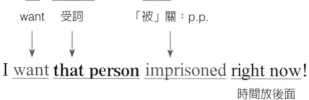

　　　　want　受詞　　　「被」關：p.p.

I <u>want</u> **that person** <u>imprisoned</u> <u>right now</u>!

　　　　　　　　　　　　時間放後面

**3.** 你能　保持　它　一禮拜　檢查　一次嗎？

　　　keep　受詞　　「被」檢查：p.p.

Can you <u>keep</u> <u>it</u> <u>checked</u> **once a week**?

　　　　　　　　　　時間放後面

166

# 文法一點通

使役動詞（causative verb）有兩種用法：

主動 「使」「受詞」「去做」……

　↓　　　↓　　　↓

have ＋ 受詞 ＋ 原形動詞

　↓　　　↓　　　↓

例 have　him　work（叫他工作）

過去 ╱╲ 未來

had　　will have

被動 「使」「受詞」「被」……

　↓　　　↓　　　↓

have ＋ 受詞 ＋ p.p.

　↓　　　↓　　　↓

例 have  the car  fixed（請人修理車）

過去 ╱╲ 未來

had　　will have

# 到底何時用 the ？

- ✓ 「強調」時必用
- ✓ 「限定」時必用
- ✓ 其他不要用

許許多多人都被定冠詞 the 搞糊塗了。其實，既然英文是活的，the 自然也有生命，不需要背！

以下是 the 的用法：

##  the 用於「強調」語意

我們來比較以下兩個句子：

例1 妳是 **Mary** 嗎？

Are you Mary?

↑

一般的 Mary

強調 妳就是那個 Mary 嗎？

Are you <u>the</u> **Mary**?

↑

強調

例2 妳是老師嗎？

Are you a teacher?

強調 你就是那位老師嗎？

Are you <u>the</u> **teacher**?

**例3** 我<u>上次</u>警告你了。

I warned you <u>last time</u>.

↑

上一次

**強調** 這是我<u>最後</u>一次警告你。

↑

強調口氣

This is <u>the **last time**</u> <u>I'm warning you</u>.

↑ ↑

強調「最後一次」　正在警告，所以用「現在進行式」

我們可以舉一反三：

| 一般口氣 | 「強調」的口氣 |
|---|---|
| 去年<br>last year | 最後一年<br>**the** last year |
| 上個月<br>last month | 最後一個月<br>**the** last month |
| 上一趟<br>last trip | 最後一趟<br>**the** last trip |
| 上一分鐘<br>last minute | 最後一分鐘<br>**the** last minute |
| 上一次考試<br>last exam | 最後一次考試<br>**the** last exam |

| 上一個號碼<br>last number | 最後一個號碼<br>**the** last number |
| --- | --- |
| 上一個數字<br>last digit | 最後一個數字<br>**the** last digit |
| | ※ digit 和 number 不同。36 是一<br>個 number，裡面有 3 和 6 兩<br>個 digits。 |

🎓 the 的中文名稱既是「定冠詞」，
就必有「限定」的作用。

例1 我喜歡買<u>皮包</u>。

↑

一般的皮包不用限定。

↓

I like to buy **purses**.

限定 我喜歡在這一家店買<u>皮包</u>。

↑

限定「這一家店」，要用 the。

↓

I like to buy <u>the **purses**</u> at this shop.

**例2** 我喜歡吃<u>草莓</u>。

沒限定

I like to eat **<u>strawberries</u>**.

**限定** 我喜歡吃日本的<u>草莓</u>。

「限定」日本的

I like to eat <u>the</u> **<u>strawberries</u>** <u>from</u> Japan.

這裡是台灣,所以草莓是「從」日本而來,用 from。

**例3** 我<u>禮拜天</u>去教堂。

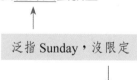

泛指 Sunday,沒限定

I go to church on **<u>Sunday</u>**.

**限定** 我永遠忘不了我第一次去教堂的<u>禮拜天</u>。

「限定」第一次去教堂的禮拜天,要用 the。

I'll never forget <u>the</u> **<u>Sunday</u>** when I first went to the church.

例 4 錯誤是可以被原諒的。

泛指一般錯誤，不用 the。

Mistakes can be forgiven.

限定 孩子所犯的錯，可以被原諒。

限定是「孩子所犯的錯」，要加 the。

The mistakes children make can be forgiven.

形容詞子句（形容主詞）

# 不要亂用 the

- ✓ 水域
- ✓ 陸地

國家名字之前要用 the 嗎？山呢？河呢？洲呢？看似複雜，其實不然。我們只要用地球儀的概念來看，就不會再錯用 the 了。

我們延續前面所提及的，「強調」口氣必須用 the，就可以理解：

❶ 小地方不須強調，所以不用 the。

❷ 大地方才須用 the。

❸ 不過，地方之大小是「相對」而來的，所以死記不但無益，而且讓人疲乏又容易失誤。

大小的「相對」觀念是什麼呢？我們先來看水域方面。

### 🎓 水域方面：

在地球儀上，湖（lake）小　　→　河流（river）大
　　　　　　海灣（bay）小　　→　海洋（sea, ocean）大
　　　　　　　　↓　　　　　　　　　　↓
　　　　　　　不用強調　　　　　　　需要強調

| （湖、灣）小，不用 the | （河流、海）大，要用 the |
| --- | --- |
| 例：<br>Sun Moon Lake 日月潭<br>San Francisco Bay 舊金山灣<br>Hudson Bay 哈德遜灣（在加拿大） | 例：<br>**the** Mississippi River 密西西比河<br>**the** Yantze River 長江<br>**the** Mediterranean Sea 地中海<br>**the** Atlantic Ocean 大西洋 |

不過，雖然 lake 相對為小，不用 the，但如果是一群湖泊組成的水域，則又相對地比一個 lake 為大，所以要加 the。

例如  the great Lakes  五大湖
　　  the Thousand Island Lakes  千島湖

🎓 陸地方面：

從地球儀的觀點來看，陸地何時須用 the，何時不用 the，也是十分清楚：

小自「街道」 ——愈來愈大→ 大至「洲」，這些在地球儀上看來，都比不上南極、北極、赤道、東方、西方顯目。

我把陸地的定冠詞整理如下：

| 街道 → 洲都不用 the | 地球上的「大塊」才用 the |
|---|---|
| ● 街道（Chung Shan N. Road）<br>↓<br>● 城市（Taipei、New York）<br>↓<br>● 島（Kinmen、Victoria Island）<br>　　※ 但是「一群島」相對為<br>　　　大，須要用 the。例如：<br>　　　the Philippines<br>● 國家（Canada、India） | ● 南極 the South Pole<br>● 北極 the North Pole<br>● 東方 the East<br>● 西方 the West<br>● 赤道 the equator<br>● 戈壁沙漠 the Gobi<br>● 撒哈拉沙漠 the Sahara<br>● 天空 the sky<br>● 陸地 the land |

※ 但是「帝國」則相對為
大，必須用 the。例如：
the Roman Empire

- 山（Mt. Fuji、Mt. Jade）

※ 但是一群山，亦即「山
脈」，則相對為大，
需要用 the。例如：the
Rockies

- 洲（Asia、America、Europe ...）

- 波斯灣 the Persian Gulf

※ 中譯雖然都是「灣」，但是英文
的 gulf 比 bay 大的多。Gulf 是
深而大的海溝；bay 則是海邊的
海灣區而已。所以 gulf 前面用
the，bay 則不用 the。

# 如何快速閱讀

- ✓ 一定先找出「主角」
- ✓ 中英文的字序不同

中英文的用字順序不同，我們不多贅述，直接先做以下練習：

**1.** 中文 在台灣買的香蕉

如何快速轉成英文：

方法 「主角」是香蕉，所以香蕉放在前面。

下列文法分析是依照底線下的編號：

① 不是任何的香蕉，而是「限定」在台灣買的，所以用定冠詞 the。
② 香蕉是「被買」，所以用 p.p.（過去分詞）做形容詞，黏在主角後面，用來形容主角。
③ 地方改放後面

**2.** 中文 我昨天看到的女孩

① 「限定」是昨天見到的女孩，所以用定冠詞。
② I saw 是形容詞子句（因為它是句中句，所以是「子句」），黏在所形容的字（girl）後面。
③ 時間放最後面。

**3.** 中文 今早找到的書

英文 the  book  found  this morning
　　　①　　 主角　　　②　　　　　③

①「限定」是「今早找到的」，所以前面要加定冠詞 the
② 書是「被找到」，所以用 p.p. 做形容詞，黏在 book 後面，用來形容
　 book。
③ 時間放最後面。

**4.** 中文 我明天要見的人

英文 the  person  I will meet  tomorrow
　　　①　　 主角　　　②　　　　　③

①「限定」是明天要見的人，所以用定冠詞 the
② I will meet 是一個句子，黏在 person 後面，用來形容主角 person，
　 所以是形容詞子句。
③ 時間放最後面。

**5.** 中文 愛你們並管教你們的老師

英文 the  teachers  who love you and discipline you
　　　①　　 主角　　　　　　　②

① 不是指所有的老師，而「限定」是既慈又嚴的老師，所以用定冠詞
　 the。
② 這是子句，黏在主角後面，用來形容它，所以是形容詞子句。

**6.** 中文 會唱歌的那個高個子

英文 the tall guy  who can sing
　　　　主角

**7.** 中文 上星期作弊的兩個學生

英文 the two students  who cheated last week
　　　　主角

**8.** 中文 一定會發生的悲劇

英文 the tragedy  that will happen
　　　　主角

**9.** 中文 座落在河邊的房子

英文 the house  which sits by the river
　　　　主角

**10.** 中文 常被忽視的道德標準

英文 the moral norms  which are often ignored
　　　　主角

# 不要錯用這些小東西

- ✓ 逗號、分號、破折號怎麼用？
- ✓ 引號內外的大小寫怎麼分？
- ✓ 何時須用阿拉伯數字？
- ✓ 數字何時須拼出英文？

我們常會錯用的標點符號是逗點、分號、引號、破折號。

## 逗點（，）

首先，前面提過：

❶ 簡單句不用逗點。

❷ 複合句一定要用逗點。

❸ 複雜句則看情形，被限定時，不用逗點（口訣：「餡」不加「豆」）。

請看以下例子示範：

**第一組例子（簡單句）**

**1.** <u>My mom</u> <u>is</u> a good cook and a great teacher.

一個　　一個
主詞　　動詞　　簡單句，所以不用逗點

不管幾個主詞幾個動詞，只要是同樣主詞發出的句子，都是簡單句。

<u>My mom, my dad, my brothers and I</u> all <u>love</u>
　　　　　　　　　　　　　　　　　　　　　第一個動詞

swimming but <u>hate</u> jogging.
　　　　　　　第二個動詞

簡單句，所以不用逗點

**2.** <u>You</u> must <u>set up a goal</u> then <u>work toward it</u>.

一個　　　　　第一個　　↑　　　　第二個
主詞　　　　　動詞　　　　　　　　動詞

> ① 簡單句
> ② 所以不用逗點

**第二組例子（複合句）**

一個以上獨立子句，沒有從屬子句。

**1.** <u>We are good friends, and</u>

第一個獨立子句

<u>we have known each other for almost forever!</u>

第二個獨立子句

> 需要逗點和連接詞

**2.** <u>She is a good sister, and</u>

第一個獨立子句

<u>she always lets me wear her clothes.</u>

第二個獨立子句

**第三組例子（複雜句）**

主要子句 + 從屬子句（逗點視情況而定：「餡」不加「豆」）

**1.** <u>My mom often cooks fish</u>, <u>which is nutritious</u>.

           主要子句         ↑      從屬子句

① 後面只是隨口加一句，並沒限定媽媽「只」煮有營養的魚。
② 所以用逗點。


**2.** <u>I love my husband</u>, <u>who is very gentle</u>.

       主要子句     ↑     從屬子句

① 並沒限定我只愛溫柔時的丈夫。
② 所以用逗點。


**3.** <u>She wants to marry a man</u> <u>who is gentle</u>.

          主要子句     ↑     從屬子句

① 限定只嫁給溫柔的人。
② 所以不用逗點。


**4.** <u>I love to eat the cakes</u> <u>which are made by my mom</u>.

          主要子句     ↑     從屬子句

① 限定是我媽做的蛋糕。
② 所以不用逗點。


When、if、unless 子句在句尾不用逗點，但在句首則需要逗點。


第一組例子

**1.** I will call you <u>when I get there</u>.

↑

When 子句在句尾，不用逗點。

**2.** <u>When I get there</u>, I will call you.

↑

When 子句在句首，須用逗點。

第二組例子

**1.** I'll help you if you tell me the truth.

↑

If 子句在後面，不用逗點。

**2.** If you tell me the truth, I'll help you.

↑

If 子句在句首，須用逗點。

第三組例子

**1.** I won't go unless you go with me.

↑

Unless 子句在後面，不用逗點。

**2.** Unless you go with me, I won't go.

Unless 子句在句首，須用逗點。

 分號（；）

分號很方便，但不可濫用，正如西方的寫作人常說：「分號就像香檳，要留到重要時刻才拿出來！」

分號用於以下三種情況：

● 第一種：句子 + ；轉折語，+ 句子

例 I love you; however, you love him!
　　句子　　　轉折語　　　句子

轉折語很多，以下只是幾例：

| | |
|---|---|
| hence | to my surprise |
| nonetheless | unfortunately |
| fortunately | for example |
| yet | that is |
| surprisingly | furthermore |
| in addition | otherwise |
| therefore | consequently |
| instead | |

● 第二種：句子 + 句子（兩個句子中間沒有連接詞）

> ① 如果有連接詞，就用逗點。（前面已討論過，這就是「複合句」，須用逗
> 點 + 連接詞。）
> ② 如果沒有連接詞，此處須用分號。

例 1　He is here; she is gone.（或者 He is here, but she is gone.）
　　　句子　　　　句子　　　　　　　　　　　連接詞

> ① 沒有連接詞。
> ② 所以用分號。

例 2　I'm a student; I'm an English major.（或者 I'm a student,
and I'm an English major.）

● 第三種：本來該用逗點，但是逗點太多了，因此純粹為了避免混淆，而
在適當的地方，將逗點改為分號。

例 1　I saw Mr. Lin, an English teacher; Mr. Chen, a math
teacher; and Mr. Wang, a friend; today.

> 本來是逗點，但是太多逗點，容易讓人混淆，所以在一個小階
> 段將逗點改為分號。這個階段通常是：
>
> 一個名稱 , 細節 ; 另一個名稱 , 細節 。
>
> 逗點改為分號

例2 Mary, a girl from Mexico; David, a boy from Taiwan; and Linda, a girl from Canada; are good friends.

## 🎓 破折號（一）

　　許多人在破折號後面引用大寫字母，這是錯的。因為破折號只是句子的一部分，所以破折號的後面須用小寫。

例1 I looked at him—what a poor boy!

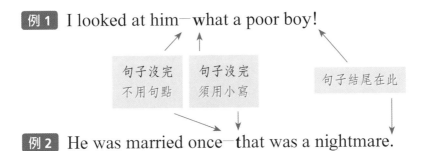

句子沒完
不用句點

句子沒完
須用小寫

句子結尾在此

例2 He was married once—that was a nightmare.

## 🎓 引號（" "）

　　引號和它裏外的標點符號以及大小寫，經常被錯用。
　　其實，只要觀念對了，這些都錯不了。

**觀念：**

❶ 標點符號視句子的意思而使用：它屬於引句，就放在引號之內。它不屬於引句，就不可放在引號之內。

❷ 引號中的引號，用單引號（' '），單引號之內，如果又是一句之首，也要用大寫。

❸ 句子未完，就不用句點。當一個引句被拆成幾個部分時，只有整個引句的第一個字母才使用大寫字母。

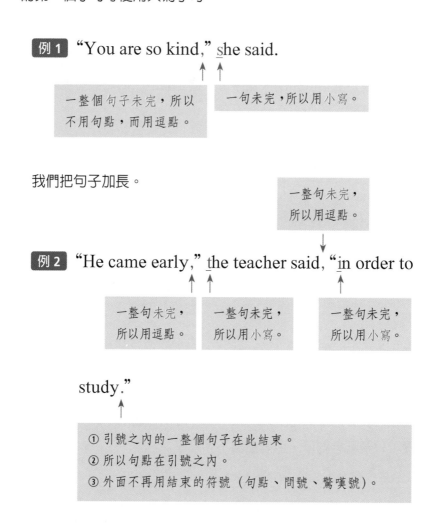

例1 "You are so kind," she said.

一整個句子未完，所以
不用句點，而用逗點。

一句未完，所以用小寫。

我們把句子加長。

一整句未完，
所以用逗點。

例2 "He came early," the teacher said, "in order to

一整句未完，
所以用逗點。

一整句未完，
所以用小寫。

一整句未完，
所以用小寫。

study."

① 引號之內的一整個句子在此結束。
② 所以句點在引號之內。
③ 外面不再用結束的符號（句點、問號、驚嘆號）。

**例 3** Is this so-called "fancy"? (這就是所謂的「時髦」嗎？)

① 這個問號在意義上屬於整個句子，而非跟著 fancy。
② 所以這個標點符號放在引號之外。

**例 4** I'll never see this "traitor"!

① 這個驚嘆號在意義上屬於全句。
② 所以放在引號之外。

**例 5** He cried, "Help me!"

句子未完，所以用逗點。

① 引號之內的句子自成一格。
② 所以第一個字用大寫。

① 這個驚嘆號在意義上屬於引號之內的句子。
② 所以放在引號之內。
③ 一整個句子已結束，引號外面不再加標點符號了！

**例 6** Dad told him, "Go back home right now!"

① 引句開始。
② 引句自成一格，所以句首大寫。

① 這個驚嘆號意義上屬於引句。
② 所以放在引號之內。
③ 引號外面不再用標點符號。

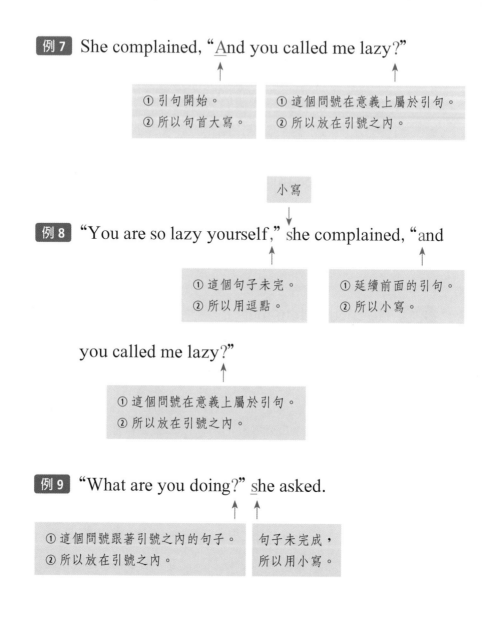

**例 7** She complained, "And you called me lazy?"

① 引句開始。
② 所以句首大寫。

① 這個問號在意義上屬於引句。
② 所以放在引號之內。

小寫

**例 8** "You are so lazy yourself," she complained, "and

① 這個句子未完。
② 所以用逗點。

① 延續前面的引句。
② 所以小寫。

you called me lazy?"

① 這個問號在意義上屬於引句。
② 所以放在引號之內。

**例 9** "What are you doing?" she asked.

① 這個問號跟著引號之內的句子。
② 所以放在引號之內。

句子未完成，所以用小寫。

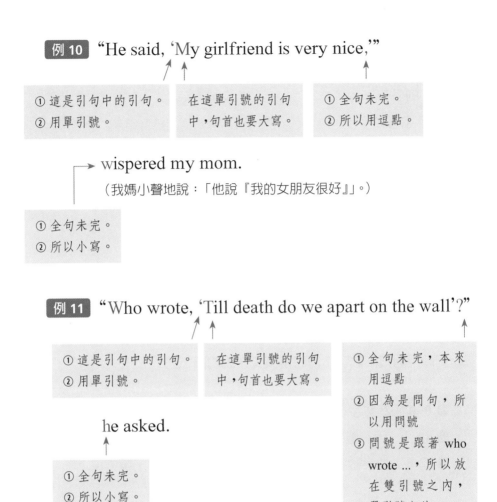

例 10  "He said, 'My girlfriend is very nice,'"

① 這是引句中的引句。
② 用單引號。

在這單引號的引句中，句首也要大寫。

① 全句未完。
② 所以用逗點。

wispered my mom.

（我媽小聲地說：「他說『我的女朋友很好』」。）

① 全句未完。
② 所以小寫。

例 11  "Who wrote, 'Till death do we apart on the wall'?"

① 這是引句中的引句。
② 用單引號。

在這單引號的引句中，句首也要大寫。

① 全句未完，本來用逗點
② 因為是問句，所以用問號
③ 問號是跟著 who wrote ...，所以放在雙引號之內，單引號之外。

he asked.

① 全句未完。
② 所以小寫。

## 🎓 省略符號（'）的功能

字母、數字、符號的**多數**，都用省略符號（'s）。

字母的多數：

中文 許多 B

英文 many B's

數字的多數：

中文 許多 9

英文 many 9's

符號的多數

中文 許多 & 符號

英文 many &'s 或 many and's

# 阿拉伯數字要不要拼出英文來？

何時用阿拉伯數字？何時用英文？說明如下：

❶ **0~9** 因為數字小，所以必須拼出英文：（zero, one ... nine）
❷ **10** ↑，因為數字較大，所以用阿拉伯數字即可（10、100,000 ...）。
❸ 但是，如果數字在句首，則不管大小，一律拼出英文。

例

I have two children.

↑

0~9，用英文。

I have 10 hats.

↑

10 ↑，用阿拉伯數字。

One child is enough.

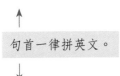

句首一律拼英文。

One million birds are dying.

# 文法一點通

**1.** 使用分號的三個情形：

① 句子 + ; 轉折語 , + 句子

② 句子 + ; 句子

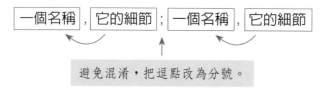

分號也可改用逗點 + 連接詞

③ 避免混淆，代替逗點。

一個名稱 , 它的細節 ; 一個名稱 , 它的細節

避免混淆，把逗點改為分號。

**2.** 無論是引號內或外，句子未完，永遠是小寫。

**3.** 因為引號自成一個句子，所以句首大寫（引句無論分成幾部分，只有整個句子的第一個字母是大寫）：

She was puzzled, "What am I doing?"

句子未完，
所以用逗點。

① 在這裡，引號之內
　的問句自成一格。
② 所以大寫。

這個問號是跟著引號之
內的句子。

**4.** 標點符號用於引號之內或引號之外，全由句意決定。

**5.** 破折號只是句子中的一部分，所以前面沒有句點，後面也不可大寫。

**6.** 數字的寫法：

① 0~9，英文拼寫。

② 10 ↑，阿拉伯數字即可。

③ 句首一律拼出英文。

★ 本章文法用語

- 標點符號：punctuation mark(s)
- 大寫：capital letter（寫作中常稱爲 upper case）
- 小寫：small letter（寫作中常稱爲 lower case）
- 阿拉伯數字：Arabic numeral(s) [ˈnjumərəl]
- 逗點：comma
- 分號：semicolon
- 破折號：dash
- 引號：quotation marks
- 單引號：single quotation marks
- 引句：quotation
- 驚嘆號：exclamation [ˌəksklə`meʃən] point
- 省略號：apostrophe [ə`pɑstrəfɪ]

NOTES

國家圖書館出版品預行編目資料

翻譯大師教你學文法 / 郭岱宗作. -- 初版. -- 臺北市：
貝塔, 2010. 09
　　面；　公分

　ISBN: 978-957-729-803-4（平裝）

　1. 英語　2. 語法

805.16　　　　　　　　　　　　　　　　99013830

# 翻譯大師教你學文法

作　　者／郭岱宗
插 畫 者／水腦
執行編輯／陳家仁

出　　版／貝塔出版有限公司
地　　址／台北市100館前路 12 號 11 樓
電　　話／(02)2314-2525
傳　　真／(02)2312-3535
郵　　撥／19493777 貝塔出版有限公司
客服專線／(02)2314-3535
客服信箱／btservice@betamedia.com.tw

總 經 銷／時報文化出版企業股份有限公司
地　　址／桃園市龜山區萬壽路二段 351 號
電　　話／(02)2306-6842

出版日期／2015 年 10 月初版二刷
定　　價／260 元
I S B N／978-957-729-803-4

翻譯大師教你學文法
Copyright 2010 by 郭岱宗
Published by Beta Multimedia Publishing

貝塔網址：www.betamedia.com.tw

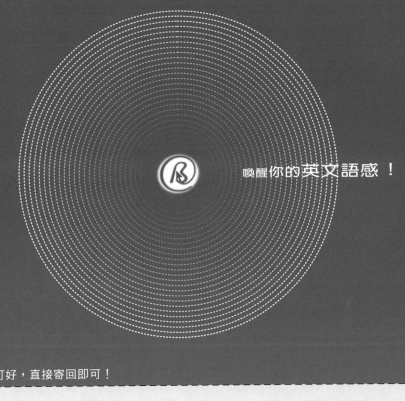

喚醒你的英文語感！

請對折後釘好，直接寄回即可！

100 台北市中正區館前路12號11樓

 貝塔語言出版 收
Beta Multimedia Publishing

寄件者住址 □□□

**貝塔語言出版**
Beta Multimedia Publishing

讀者服務專線 (02) 2314-3535 讀者服務傳真 (02) 2312-3535
客戶服務信箱 btservice@betamedia.com.tw
www.betamedia.com.tw

謝謝您購買本書！！

貝塔語言擁有最優良之英文學習書籍，為提供您最佳的英語學習資訊，您填妥此表後寄回（免貼郵票），將可不定期免費收到本公司最新發行之書訊及活動訊息！

姓名：_____ 性別：☐男 ☐女 生日：____年____月____日

電話：（公）_____ （宅）_____ （手機）_____

電子信箱：_____

學歷：☐高中職含以下 ☐專科 ☐大學 ☐研究所含以上

職業：☐金融 ☐服務 ☐傳播 ☐製造 ☐資訊 ☐軍公教 ☐出版
☐自由 ☐教育 ☐學生 ☐其他

職級：☐企業負責人 ☐高階主管 ☐中階主管 ☐職員 ☐專業人士

1. 您購買的書籍是？_____

2. 您從何處得知本產品？（可複選）

☐書店 ☐網路 ☐書展 ☐校園活動 ☐廣告信函 ☐他人推薦 ☐新聞報導 ☐其他____

3. 您覺得本產品價格：

☐偏高 ☐合理 ☐偏低

4. 請問目前您每週花了多少時間學英語？

☐不到十分鐘 ☐十分鐘以上，但不到半小時 ☐半小時以上，但不到一小時
☐一小時以上，但不到兩小時 ☐兩個小時以上 ☐不一定

5. 通常在選擇語言學習書時，哪些因素是您會考慮的？

☐封面 ☐內容、實用性 ☐品牌 ☐媒體、朋友推薦 ☐價格 ☐其他____

6. 市面上您最需要的語言書種類為？

☐聽力 ☐閱讀 ☐文法 ☐口說 ☐寫作 ☐其他____

7. 通常您會透過何種方式選購語言學習書籍？

☐書店門市 ☐網路書店 ☐郵購 ☐直接找出版社 ☐學校或公司團購 ☐其他____

8. 給我們的建議：_____

_____

_____

喚醒你的英文語感！

Get a Feel for English !

喚醒你的英文語感！

Get a Feel for English !